时 有
流 生香

张阳蕊 | 著

SPM
南方出版传媒
广东人民出版社
·广州·

图书在版编目（CIP）数据

时光煮酒，流年生香/张阳蕊著. —广州：广东人民出版社，2019.1（2020.1 重印）

ISBN 978-7-218-12491-9

Ⅰ. ①时… Ⅱ. ①张… Ⅲ. ①散文集—中国—当代 Ⅳ. ①I267

中国版本图书馆 CIP 数据核字（2018）第 006154 号

SHIGUANG ZHUJIU，LIUNIAN SHENGXIANG

时光煮酒，流年生香

张阳蕊 著

出 版 人：肖风华

责任编辑：赵世平

封面设计：国风设计

责任技编：周 杰

出版发行：广东人民出版社

地 址：广州市海珠区新港西路204号2号楼（邮政编码：510300）

电 话：（020）85716809（总编室）

传 真：（020）85716872

网 址：http：//www.gdpph.com

印 刷：阳谷毕升印务有限公司

开 本：787mm×1092mm 1/16

印 张：15 **字 数**：190 千

版 次：2019 年 1 月第 1 版 2020 年 1 月第 2 次印刷

定 价：45.00 元

如发现印装质量问题，影响阅读，请与出版社（020-85716849）联系调换。

售书热线：（020）85716826

序　言

周同宾

那日，文友带一位来自老家的美女老师到我家，她将出书，嘱我作序。

乡音，乡情，触动乡心，引发我的乡思。

我的根在社旗，早年也做过教师，因而，对这一方土地，对教师，一直怀有深挚的情意。

检阅张阳蕊的书稿，一篇篇，越读心越静，越觉清凉。透过这些流转的文字，我似看到了一颗赤素文心，感受到了一腔醉人深情。

寻常巷陌，人生百态，自然万象，在她眼里，皆有情味，皆是温暖线索。她以女性的细腻情怀捕捉到，而且，笔端常蕴哲思，把人引领向无限深远的精神高地。

浮世喧嚣，作者的心是安宁澄净的，所以，她能够体察物理，参悟玄机；文学的路艰辛，作者是执着的，所以，才会有这样深厚的积淀，这实在是她人生的一笔财富。

得知张阳蕊也毕业于南阳师院，喜读哲学，我明白了，为何她唯美的文字里常常蕴藏着闪光的哲思。这二者的结合，使她的文字有了根底和支撑，有了女性文学难得的深度和大气。

老家能有这样的教坛有心人，有这样笃志于文学的才女，我感到很欣慰。希望她能继续走下去，长成一棵郁郁青青的大树，让生命和才情的花蕊，在阳光下绚烂盛放。

对生活的热爱之情，对美好的向往之情，对文字的眷恋和执迷之情——我愿她“情”长在，不要醒！

目录
Contents

第一辑

红尘过客

街上，永远这样人来人往，过客匆匆。生命彼此逢着，或始终陌路。在不同的十字路口转折，奔向未知的下一分秒，下一个明天。

——《红尘过客》

春正发生

算算早过了立春，却没有暖和的迹象，晨昏的感觉，总是寒冷。

有一日，看到街头挂着花花绿绿的风筝，才好似猛然来了个提醒，哦，春天到了！

出门走走，却依然感觉不到那风有怎样的暗含绿意和温软，只是走着走着就会觉着身上衣装的沉厚，渐渐生出几分燥热了。只见有活力的年轻男女，率先开始着了薄衣单衫，靓丽成流动的风景了。

我走过一带小灌木丛，看见不知何时已经抽出了一两寸长的嫩嫩叶芽，人行道旁那细小的罅隙里，一星泥土里钻出的小草，不知何时，也不声不响地开出了眨着眼睛的小蓝花了。

原来春天已经来了！

以最不经意的姿态，以星火燎原之势，早就发起了一场浩大的战役。等你哪天明显感知的时候，已经来不及了——张眼看，是姹紫嫣红开遍；竖耳听，是莺莺燕燕，所有的感官都被填满了。再加上阳光清风的助力，春天她以霸气、迷人的姿态温柔地包围了你。人这一渺小的生命个体，还有什么还手之力吗？只能乖乖地在“春眠不觉晓”的诗情中沦陷，在杏花春雨的画意里慨叹了。

而某一场雨打风吹之后，艳粉娇红满地，绿杨阴里，春天再次退出季节的舞台，多愁多思的人，空留几许“事如春梦了无痕”的伤感。

而现在，春正发生。

真的就像一个刚落地的娃娃呢，从头到脚都是新的，不由人不生出无限希望，而那每一个希望都是绿意盈盈，进而繁花似锦般美好。

是的，刚开始，一切都可以开辟和重建，一切都可以安排和构造，不要说花未全开月未圆，就连花儿都在酝酿着花事呢。何妨重整精神，再投入一次，在这天人合一的巨大氛围里，就当这一年是又一个轮回的开始，过去的兴衰荣辱都不论，且意气风发地梦想和出发吧。

一年之计在于春，去年春天我种的花儿，曾开出了最美的笑颜，秋天采摘了种子，保存了一冬。我要找出来再种下，就像也在心里种下一颗梦的种子，当花儿们赠我这一季嘹亮的欢喜，我有什么理由不相信，总有一天，梦想也会花开满园？

红尘过客

巷子中间有一棵大桐树，绿荫浓厚，吸引了成群的老头老太太来此乘凉、闲话。

老头儿们大多六十岁开外，都搬了小折叠座儿，拿个茶杯，白短袖，大裤头；老太太胖的富态，瘦的利落，穿着儿女买的花衣裤，穿系带儿的黑色老北京布鞋，开会一般，对面而坐，中间留条道儿，行人可以通过。

无须刻意倾听，他们的话题绕不过儿孙、金钱和生死。

这时候，一个瘦老头儿踱过来了，这边的打一声招呼，问：“干啥去啊？”答道：“转转去！——过一天落一天，过一天赚一天呀！”

有人是越老越糊涂了，有人是越活越通透了。这些老头子，都活成哲学家了呢。——把每一天都视为生命里的最后一天：今天我活着，明天将死去，所以，我活一天就是赚了一天。

这厢的老头子接上话茬说："最省事是脑出血，过去得快。国家少花费，儿女少受累，一睡不起床，自己少受罪！"

说的人面容平淡，我这听的人，脊背一凉一凉的。

是啊，都七老八十了，什么没见过，还有什么不明白的？今天脱了鞋，不定明天能不能再穿上了呢，所以，一切都不重要了，一切都如此简单，活着就是了，活着就是赚了。那么多人，亲爱的人，仇恨的人，他们都没有熬过自己，还有什么可耿耿于怀的，活吧。

有时候，也会是清一色的老太太们，都穿了花里胡哨的宽腿儿裤子，没搬座儿也没关系，墙角儿有拆房子没清理走的砖头，一面还粘有瓷砖，白亮亮的，一人搬一个坐了，就可以唠叨半天。儿子呀，闺女呀，内孙外孙呀，仿佛一张大网，将所有家长里短全部搜罗出来了，今天说不完还有明天，明天说不完后天接着。

说着说着，就有谁来不了了，唢呐"呜呜哇哇"吹起来了，一声声，叫人心里慌张。

"活着不孝，死了胡闹。越是不孝的，越要往豪华里搞。——人家笑话呀。"

生与死，他们又在讨论这个重大的哲学命题了，因为，已经明显感觉到了一种冥冥中的注定。

宇宙无穷，生命有尽。死，它陌生吗？它遥远吗？一点都不。它像空气一样飘荡在我们身边，每一分每一秒，有多少鲜活美好的生，就有多少黯然凋零的死。

实在没有什么可大惊小怪的。年轻的时候，若是多想想，想清楚了，也许就没有什么可惊恐的了。

买的桃子还没来得及吃，就腐坏了，桃子死了；一只黑狗被车碾碎在路中央，狗死了；一只碗打碎了，碗死了；一盘蚊香点完了，蚊香死了；一只鞋穿烂了，鞋子死了……

一个人死了，另一个人还会死，和那些桃子、黑狗、碗、蚊香、鞋子等等，有什么本质区别？区别是，人会感伤，他的亲人会悲伤吧，那些动物植物，那些蚊香、鞋子，谁说它们是无知无觉的呢？

适度的恐慌是好的吧，可以让人知道珍惜活着的光阴。

我手里拎着买的青菜和肉，想着该给孩子做什么饭。上有高堂下有弱子，我必须活着，努力好好活着。

我去买东西，从这一群老头儿老太太中间穿过。这一次，他们谈论的话题已经变了。

“看来，钱这东西，谁也不嫌多呀！”一个老头儿的声音。接下来，又是一番事实论证和道理论证。

等我做好了饭，骑车去接孩子时，看到他们正在散场，都拿着叠起的小座儿和茶杯，回转到各家去了。

生命里，有多少这样闹哄哄的在场和散场？谁也不相信自己会就此离场，谁也不知道自己会何时离场。所以，他们相约“明儿再来呀！”

街上，永远这样人来人往，过客匆匆。生命彼此逢着，或始终陌路。在不同的十字路口转折，奔向未知的下一分秒，下一个明天。

路边哪个门店里放着刘德华的歌：“这条路，究竟多少崎岖多少坎坷，你和我，早已没有回头路……”

我沉默地走过。

红尘琐记

一

出门，坐车。正好一个同事也上来了，于是，同坐一辆车。

奇怪的是，出门了能坐同一辆车，人会想，真是缘分，可是，在同一个单位共事了十几年，人心里却没有那样美好的感觉，反而会因为各种利益关系而疏远，心里隔着一层东西，怎么也不能亲近无碍。明明脸上都含着笑，热情地打着招呼，彼此心里却都清楚，那是怎样的貌合神离、言不由衷啊。

世上再没有比这样的关系更叫人感觉悲哀了吧。年年见，天天见，形体无限接近，心灵却愈发天遥地远，而且，似乎绝无沟通和敞开的可能。

同事，原来就是——熟悉的陌生人。

二

去超市购物，顺便看看那些花花绿绿的丝巾。有桃红底色上绣着蓝色大花的一款，一瞬间就触动了我心里的柔软。它们的美，透着几许古雅，契合了我的心意。

买回去对着镜子一照，呵，正好穿了惹眼的绿色小袄，可不正是张爱玲喜欢的“葱绿配桃红”的俗艳吗？

我想起，从前有人说，你是现代版的张爱玲，不禁笑了。

多年以前，民国才女张爱玲，也是有着许多这样的时刻吧，满心满意地立于镜前，看新裁制好的衣服，如何地散发着自己精神和灵魂的气息，如何地与自己的心性和气质相得益彰。这一刻，只愿退回一个耽于爱耽于美的凡尘女子，眼角眉梢，有掩不住的小小欢喜。

与一个人，在时光交错里相逢，可有着今生的肉眼凡胎参不破的宿世因缘？

三

正在人声喧嚷里穿行，一朋友打来电话，问：“又有白头发了没有？”我笑了：“你就那么盼我老吗？”

“不是。我们老了就算了，你不能老。”

“随着时间推移，年龄增长，我肯定要变老，老是必然趋势。”

“还是建议你多锻炼身体，保持活力。”

挂了电话，我又气又好笑。

自从某天此君发现我发际支楞出一根白发之后，一直给我建议，吃什么饭，喝什么汤，少熬夜，多锻炼，仿佛我一夕之间就会变成白发魔女了一般。

自古美人如名将，不许人间见白头。我又不是美人，不过是平凡庸碌的众生之一，难道连生根白发都不许吗？连变老的自由都没有吗？

年轻就那么好吗？在那许多年轻的日子里，在树欲静而风不止的无尽烦恼里，我做梦都盼着自己赶紧赶紧老去呢。

换一个角度想，怕一个人老，严格地要求着，也许是这个人的幸福呢。我关心你，在乎你，所以，希望你永远年轻快乐。

从前，孩子蹿着蹦着跟我比个子，似乎总也撵不上我，现在，轻轻松松就看到我头顶了，颇有些自豪地说：“我比你高！”我思来想去，回敬一句：“我比你老！”

一个女人，也只有在自己的孩子面前，才会甘心认输，甘愿放下所有骄傲，低到尘埃里去吧。

四

人群里走着，忽有一男子迎面而来，说："要化妆品吗？"我摇头，他一面说，一面从大塑料袋子里拿出一个盒子，说："大小都有，——便宜，从厂里偷出来的。"我再摇头。两个陌生人复又没入人海。

我沉默地走我的路，心想，这样的小把戏十年前就见过了，也不看看我是谁，——身为女子，洁身自好为白，经济独立为富，内外兼修为美，——我这样的白富美，会愚蠢浅薄地上你那样低级的当吗？

再说了，本人达于心灵化妆的境界，岂是一般的庸脂俗粉能够涂抹出来的？这世界，可有哪一种化妆品，能把一个女子的精神和心灵装扮得灿若云霞？

青春的美丽终有花谢花飞的一天。在时光的河流里，任是再神奇的化妆品，也挽留不住粉面桃腮的嫣红。我只想，当林花谢了春红之后，还有一树的桃儿杏儿梨儿堪慰寂寞。

五

院子里，一个穿花罩衣的两三岁男孩在玩小车儿。女人说："走，妈妈带你去洗澡，理发。"

小男孩仰起脸，黑白分明的眼眸，天真可爱。

我走过，心里想，一个母亲带幼小的孩子去洗澡、理发，是多么开心自然的事啊，而壮年的子女带老年的父母去洗澡、理发，又是多么稀少可贵的事啊。

我的一个亲戚，有两个儿子，儿子又有了儿子，两个家庭却都容不下一个老子呢，所以，他宁愿在敬老院里度过残生。——不知，一个人的静默里，当年那两个儿子尚幼小时候的许多场景，可在他心里一闪而过？

鸿归何处

双休日，回去看望父母，发现劳碌了一辈子终于可以闲下来的母亲，精神反而没有以往蓬勃，不住地叹息："这样不行，我还得找个事干干，还没到那个地步呢。"

我知道母亲的意思。对于一个顽强地与命运奋战了一生的人来说，奋斗和前进已成了一种习惯，而停滞无异于扼杀了精神和生命的活力。可是，到了这个岁数，哪个老年人不是在年轻时拿命换钱的七折八腾之下罹患了或轻或重一身之病？现在，人老了，按理说应该歇息了，可是，母亲她不服老啊，不仅大事要参与，小事也必躬亲。看着她腿脚不灵便却还大事小事抢在前头干，我每每气恼又心酸。

"你觉得哪个地方东西放得不恰当，可以让我来收拾……"我抢过去说。

可是，母亲说："那我呢，总不能光坐着。"

我一怔，可不是，我总想着应该让母亲不动不摇地过一些安闲的日子，什么活都不要再干，什么心都不要再操，却忽略了一个更为残酷的事实——一个老年人如果什么都不能干，那还有什么存在的明证呢？还有什么可以消除一个人本能的对于越来越近的病和死的恐惧呢？

看电视时，当屏幕上打出“生命在于运动”几个字时，母亲有些激动地说：“就是啊，生命在于运动。”我于一刹那间理解了母亲的心。我自以为的对母亲的好，实在是对母亲的极大不理解。

我想，以后，我再也不会干预母亲干这干那了。人总是要老的，但创造和实现生命价值的渴望永远长青。就像发光放热了一天的太阳，纵然要落山了，要消失了，也还是要努力释放最后的热力和光彩，不让一日苍白，不使一刻虚空。

我的一个做生意的朋友也说，人的欲望真是无止境啊，你达到了这个目标，另一个愿望又在背后鞭打着你了；心里想着，这次心满意足之后，说什么也要歇歇了。可是，真等劳心费神地实现了，总还会有新的欲求使你耿耿于怀，就这样，怎么也停不下脚步呢。

我想起史铁生的《我与地坛》中的一句话：人真正的名字叫欲望。是啊，人类因了欲望，才得前进和发展，可是，欲望这把双刃剑也毫不留情地摧残了欲望过于强烈者的心灵和生命。追求的代价有多大，所得有多丰厚，也只有其本人才能明了。可是，当欲望的彩虹在前方招引，看起来是那样的诱人和触手可及，只要一息尚存，谁又能真正停息和放下？

“我抛弃了所有的忧伤与疑虑，去追逐那无家的潮水，因为那永恒的异乡人在召唤我，他正沿着这条路走来。”

是的，我们的耳畔永远都萦绕着那异乡人的召唤声，他招引着我们，向前去，向前去，永无止境。而我们，犹如那一个个在席子上学习爬行的孩子，大人们在前面放了好吃或好玩的东西，我们便生出无穷的勇气和力量，一点点挪动着身子，手里抓到一个，又看到不远处放了一个更好的，于是，顾不得欣赏或享受，继续爬，直到累得再也无力挪动，才肯停下。这时候，也许该好好享用自己的战利品了，只是，此一时刻，可还有当初的那份喜悦和激动？

“人生到处知何似，应似飞鸿踏雪泥。泥上偶然留指爪，鸿飞那复计东西。”人生一场，也许不过是一个飞鸿踏雪泥的过程。鸿飞为何，鸿归何处，于浩渺时空，都微不足道，也卑不足观。可是，即便如此，人还是愿意站在当下的风景里，遥望梦中的彩虹，也始终有飞翔的勇气。

行到水穷处，坐看云起时。 鸿归何处，鸿不知，你与我，亦不知。

便 宜

给小侄子庆生，一家人热热闹闹地围了一桌子，边吃边聊。

不知怎的，扯到了一个好赌的人，有赢就有输，这两年欠了不少外债，落得很狼狈。弟弟忽然像想起了什么一样，说：“韶，前段时间快死了，欠人家一千多万，没法了，跑国外去了。”

不是在庄上卖肉的韶吗？他怎么会搞出这么大的动作呢？

“他干的啥事？”我好奇地问。

“融资。”弟弟说。

“庄上不少有钱人几十万几百万地给他，一个地产商用了，两毛的利息。谁也想不到，地产商会跑了。人们慌了，说利息也不要了，把本金还了就行。”父亲也知道这事儿。

后来呢，可想而知，连本带利，鸡飞蛋打，都没有了。

“那么多钱，他哪儿还得起，受打击太大，人都快死了。几处房产也卖了，领着一家老少躲到国外去了。”

“不亏他！从前韶他女人有多烧呀，脖子里戴着多粗的金项链，满把手上都是金戒指，看人眼都乜斜着，都没他们有钱嘛。”母亲也说，“卖肉时候，光巴结有钱人。有钱人去了，哪儿好给哪儿；不中用的人去了，尽给坏地方的肉。”

“以为天上掉馅饼，结果却是陷阱。那些出钱的人就没想想，这事靠谱吗？真是贪小便宜吃大亏。”我觉得人们犯的这个错误有点低级。

“这哪里是贪小便宜呀，他们是想占大便宜哩。”姐夫笑着说。

说的也是，不过，世上哪有凭空而来的便宜可占？如此急功近利，那么，就用一生积蓄来买个教训吧。

我们这个“庄”，跟一般的村庄虽然是同一个字，那情形却迥然不同。多年前也是郊区，现在已经发展成了城中村，所有的地都被占用，占地赔款按人头算，不论大人小孩，每年每人都是几万几万的，还有粮油补贴。靠着占地赔款的进项，许多家庭什么都不用干，也还是可以过得很滋润。

所以，这是个有名的富得流油的地方。

这也是个有名的“赌窝”。

一般人打个三五毛的小牌，输了就感觉不舒服的时候，这里的人们一场下来就是几千了，这些年愈发厉害，一场几万几十万也不算什么了。

这不，听说三年内这个庄要被占用，搞一个什么项目开发了，庄上人像疯了一样地盖房子，几乎所有能利用的地方都盖成了房子，两层的又接了三层四层，家底厚的人家，还有两三座房子。想想，单是靠着这宝地，差不多每家都能赔个几十万几百万呀。

所以，这里闲人多，玩家儿多。他们不靠力气吃饭，也不靠文化知识吃饭。

韶是外来人。从农村来的时候一穷二白，在庄子中间摆个摊子卖肉。平素，我听多了人们对他和他女人的咒骂："势利得很，光巴结有钱有势的人家儿！""卖个肉也是看人下菜碟！"

我想，一个外来户，为了生存需要，巴结讨好一下当地有钱有势的人，也无可厚非。谁知，他竟然会跟一个搞房地产的牵连上，而且，混得庄上有头脸的人也拿着烟说着好话，要把钱"放"他那里，——只因，他能让他们的钱生钱，人人都做着高息高利的美梦呢。

"大山他爹不知道投进去多少钱，受不住打击，住医院了。"

如果"便宜"不便宜，而且昂贵得要搭上所有的积蓄，要搭上一家人的幸福生活，人啊，你可有翻身回转的余地？

韶走了，背负着那么多骂名，带着一家老少仓皇出逃。异国他乡可好生存？可是已经没有回头路。——他一定早就悔愧了。不仅有家不能归，就连像当初一样辛苦也逍遥地卖肉，也不能了。

悔不当初，悔不当初，可是，再也无法回到当初。我想起了秦始皇时的丞相，李斯。

李斯妒忌他的同学韩非之才，担心韩非抢了他的饭碗，便和宦官赵高一起陷害韩非，使韩非冤死于狱中。他为了一己私利，又和赵高伪造遗诏杀了公子扶苏，立胡亥为秦二世。

李斯由此地位显赫，不可一世。

后来，由于利害冲突，他与赵高发生了矛盾。宦官赵高可不是个省油的灯，他对秦二世挑拨说："李斯大儿子李由是三川守卫，同盗贼陈胜私通。而且丞相身居高位，权力比皇帝还大。"秦二世认为他说得对，于是把李斯关进牢房，用完五刑，在咸阳市把他腰斩了。

李斯出狱去腰斩的路上，回头对中子说："吾欲与若复牵黄犬俱出上蔡东门逐狡兔，岂可得乎？"——用现在的话说就是："我想和你再牵着黄狗一块出去，到老家上蔡东门去追猎野兔，怎么能够做到呢？"这是不可能的。于是父子相对痛哭，很快他被灭了三族。

牵着黄狗，溜达溜达，这本是普通人都能做的事，而此时，曾贵为一人之下万人之上的李斯却不能，确实是造化弄人。

想想李斯也确实是自作自受，活该如此。他陷害韩非，伪造遗诏杀太子，还有"焚书坑儒"活埋三千读书人也是他的主意，实在是作恶太多，而且贪图荣华富贵，和赵高这样的奸臣勾结，更不知进退，岂能不引祸上身？

读史使人明智。韶是一介屠夫，想是大字不识几个吧，他连扑腾一下都没来得及，就被千古悲剧的洪流裹卷了去。

在这浮躁的时代，我们还是要静下心来，老实做人，踏实做事，向付出里要收获。一如，徐小凤的这首《顺流逆流》所唱——不相信未作牺牲竟先可拥有，只相信是靠双手找到我欲求，每一串汗水换每一个成就，从来得失我猜透。

老实人不会永远吃亏

从小，我就是一个死心眼的人。

姊妹们一起洗了头发，在阳光下晾晒，母亲看着我的一头又黑又密的发丝说："头发多的人，闷呀！"那时候，尚没有自我意识，年幼的我，从母亲的评价里，懵懂获得了一种心理暗示：我是一个不机灵的人，这受之于父母的发肤，就是一种明证和暗示呀。

姊妹们多，有了矛盾，受委屈最多的是我，想不开，沉溺于那苦痛中最久的，也是我。有时候惹父母生气，挨打时候，不知道跑的，还是我。

我的不机灵，仿佛是与生俱来的。

既然天性里带着老实的禀赋，那么，吃亏就是理所当然的吧。

上学了，老老实实地学习，知识却不曾亏待于我，成绩不是最好，却一直都不差，便初中高中地一直读下去，毕业了，便老老实实做了教师。

因为老实，不会做趋炎附势的事。结交的朋友不多，一个个却都是真朋友，可以肝胆相照；因为老实，亦不会借势攀高，爱的人不论贫富，但求心神契合，灵性相通。

这样的时代，这样心性赤纯的人，会有几个？可是我骄傲，我遇到了，毕竟有。——患难与共，生死不渝，这最坏的情形都不怕，问尘世，还有什么，可堪拿来考验生命与生命、心与心的不离不弃？

工作之余，我爱读书写字，爱就爱了，真心不移，十几年如一日，潜心累积。周围那么多心眼活泛的人，忙着上下求索，打通关系，做生意，办补习班，一个个似乎都经营得风生水起。

别人的路子都那样多，我沉默寡言的一个老实人，知道自己什么也不会，此生只爱定了读书和写字。这实诚的心眼，也只有在读和写中才会活泛起来，灵动起来，那就坚持，朝着这唯一的方向努力吧。——且让我做那最笨拙的一个人，仿佛挖井，认定了一个方向，就把所有的心力都用在这一点上，坚持，不放弃。相信总有一天，终能挖出水来，哪怕是细弱的涓涓细流，我都心喜，因为知道，它们毕竟来自大地深处，通于大江、大洋。

有文友说："学不来你的文字功夫，那一字一句是怎么流转出来的。"

我笑一笑。因为老实，我认准了自己喜欢的事，读书，一沉溺就是一年半载，反复品味咀嚼，读完了，那些思想和语言的精粹，也就成了自己的了。

人生的事，谁能料得到此间的发展演变呢？

恰如，《易经的智慧》序言上引用一位成功者的名言：不要想第一步就踏上人生的金砖。哪怕是坎坷、泥淖，只管大胆地跨出。当你终于踏上属于你的那块金砖，回首来路，步步都是金砖。

是的，一生的路很短也很长，老老实实地工作、学习、交友、爱人，吃亏还是福报，不是当时说了算，更不是哪个人物说了就算，总要等到几年，十几年，甚至几十年以后，光阴才会给人最好的答案呀。

我的心里，忽然就蹦出了一句话：按照自己的方式去生活，每天都做最好的自己，老实人不会永远吃亏！

如果今生不走运

黄昏时候，我在路边等车，有人过来和我打招呼，一看是熟悉的面容，却一时又叫不出名字，她笑了，说：“我是林香啊。”

哦！林香，似乎很久不见了。

我和林香遇见的时候，也总是在路边等车的时候。虽然不在一个单位，却因为离得较近，无意之中便谁都知道谁了。我知道的关于她的传闻是：爱打麻将，家里很有钱，又生了二胎。

那时候我和她回家的方向一致，有时碰到一起，就坐车上东拉西扯地说一路话，一个多小时就飞快地过去了。印象较深的一次，是诉说这两地分居生活导致的东奔西跑有多么累人。她说：“我现在是天天跑，真想住校。”我这才知道，她原来是每天早晨从家里骑电动车到车站，坐车到学校，上完课再坐车回去，因为得接送两个孩子上学。

“每天光坐车得花三四十，一个月的工资就没了。”她无奈地叹息。

我只好安慰她，等孩子再大些应该就好了。

我有些不敢想，她的身体是怎样适应这样辗转的生活的。我一个星期跑一趟，尚且感觉吃不消，每周的前几天好吃好喝地养着，周末打一个来回，便仿佛积蓄的元气都消散了。有一天听人说谁谁“每日里跑得血不养心”，忽然心头一震：用来形容我的情形也非常合适啊。

我自此在心里划了一道儿，知道她是个为儿女尽心尽力的女人，要知道，这一跑就是十多年啊。同命相怜，我对她存了一份敬意。

最近一次得到她的消息，有些震惊，说她和一个男同事双双离了婚，两个人在一起好了。传播消息的人最后总结说："只有你想不到的，没有不会发生的。"

将信将疑着，不期然地竟又遇到了她。

这一次，又免不了激烈的交谈。有家庭的女人，话题自然落在孩子身上。她说起这数十年东奔西走的艰辛，说起现在对两个孩子的放不下，说起婆家人的不体谅，说起常常气得胸口疼痛……

是的，从前见她时候，虽说总是腰身丰腴，看起来也都是得体精神的，这一次，明显地沧桑和憔悴了。于是知道，那个消息原来是真的。

"女人得学会自己心疼自己，指望别人，终归要落空。"我不知是开导她，还是在安慰自己。

"我们单位里很多同事都说我，看着你的日子似乎比谁都好，可事实上你比谁都吃苦！"她说。

她自身条件也不错，却似乎用尽浑身力气都靠不近寻常女人的幸福，除了叹息一声"自古红颜多薄命"，还能如何呢。

"女人真得自己对自己好才是。你这样整天跑得血不养心，男人也不见得领情，你操心受累显老了，男人又不稀罕你！"她似乎终于活明白了。

"是啊，谁都靠不住，真正对你好的，只有你自己。每一个女人都应该修炼到——离开任何一个男人都能很好地生活。"我的简单里，似乎更有着真相明晰的深刻。

谈话中，她的手机不停地响。我知道，有一个人在等待她回归。

在夜色迷离中分开，只是，颇有点戏剧性的是，这一次的相遇和等车，我和她都站在了马路的对面，都是赶往与从前相反的方向。

对于天性喜欢依赖的女性来说，要明白，一生最好的庇护，其实是让自己长成一棵大树。也许会遇到很多困难，但是，我想，越早觉悟才会越好。

如果今生不走运，那也没有什么大不了，拥有自己给自己幸福的能力，这才是最好的保险。

你只负责精彩，上天自有安排。

真心祝愿她好！

套 圈

阳光温暖的午后，出去闲转，一眼就看到前边的十字路口围了一大群人，也好奇地过去看热闹。

原来是摆了摊子套圈的。三摊相连，所以那阵势挺招引人的。有套儿童玩具的，有套小金鱼的，数这第三家套小动物的最聚人。小动物只有两种，小白兔和鹦鹉，都用极小的笼子装着。鹦鹉身形小巧，在笼子里还可以上下翻飞，小白兔就不行了，它竟像坐牢一般被囚禁了，丝毫动弹不得。

可是，那小白兔可爱得宛然一捧雪，那一只只鹦鹉，更是有着活力无穷的轻盈灵动，不由人不动心。每一个手里攥着压岁钱的孩子，都不由得停下了脚步，眼瞅着那笼子里的小动物，钱就递上去了。

套小金鱼是最便宜的，一块钱五个圈儿，而套小白兔又是最贵的，十块钱才四个圈儿。便宜的往往是好套的。透明的小塑胶杯子里，红尾巴的小金鱼想在里面翻身也有些困难。谁知道那是不是真的金鱼呢，从前的庙会上就套过，不几天鱼儿身上的红色就淡褪了，原来是染红的，再后来，小鱼也翻白肚死了。

孩子们一定都想要那一身雪白的小兔子，急着想用手抚摸它们绵软的绒毛。可是，一个圈投出去了，没有套中，又一个投出去了，还是套不中。一旁的大人指点着，比画着，也不行，最后四个圈子都出手了，竹篮打水一场空。那可爱的小兔和鹦鹉都好好地待在原地，却怎么都无法靠近。竟仿佛在水一方的伊人呢，她明明近在眼前，你伸手就可触可感，可是，出手了才知道，她竟有着缥缈在天边的遥远。

一个孩子套不住，另一个孩子又上阵了。大家都相信自己的眼力和手气，都相信这想要的东西手到擒来。可是，最后才发现，总是套不住，倒是自己的钞票被套进去了。

等到不甘心的大人们也试过了之后，等到一个小姑娘拿了圈子蹲在装小兔的笼子边，一次次在最近距离往上套，都费了好大劲之后，人们眼见了其中的高难度和不可能之后，丢下一声“圈套”，死心离开了。

一时没了生意。

原来，设置一个圈套，还要给人留下信心和成功的余地，若一开始就让人看清了远非自己能力可及，大概就不会往里面砸钱了。

诱惑我们的，是这摆摊的人吗？钱是到他手里去了，可是，谁也不是冲着他才套的，谁都是冲着眼前那可爱的小动物来的。那人利用了小动物的可爱，还是利用了我们的占有欲望？小白兔始终安静地待在笼子里，这边较量的，明明是我们和自己的欲望啊。那人不过是用可爱的小动物刺激起了我们的欲望，巧妙地坐收了渔翁之利。

越是美好，越是诱人，思而不得，才能刺激人的征服欲。这难度不能太小，像金鱼，出手可得，人会觉得没意思。这难度又不能太大，大得让人丧失信心也不成，总要把握在远近适中的朦胧里，拿捏在难度适中的不轻易得到里，这游戏才可继续，这摆摊子套圈的人才能套得住钱，这找乐子玩套圈的才愿意拿钱去赌一把运气。

也有的小孩既想要小兔子，又套不住，就磨磨蹭蹭不肯离开。就有家长问摆摊的，一只小兔多少钱，那人说："不卖。"被缠磨到最后，摆摊的索性说："不是钱不钱的问题，卖了我的生意怎么做？买都买不来。"这倒是实话。听说小白兔在这寒冬繁殖量极低。

想来，要设置圈套也是得有些资本的，要有足够的诱惑力，至少能刺激起人拥有的欲望，否则，套圈其实就是圈套，这是大家都知道的。只是，因为那对象太美好，所以，不惜金钱，一赌运气。

站在这圈套的边缘，因为对这孩子们玩的东西不感兴趣，所以，我们可以保持一份清醒。可是，行走在这纷繁的尘世，谁又能保证自己不会遇到心仪的物事呢？权力，金钱，名利，爱情……这一生，我们总会有欲罢不能的时候。仿佛，欢喜什么，什么就成了圈套。生命为了那些有形和无形的圈套，劳碌奔波，感受悲欢，结果有人名垂千古，有人遗臭万年。当然，更多的人倾其一生都一事无成，最终只是寄迹草莽，默默无闻。

所以，有人说，这人世，其实是上帝设的一个局。——众生都情不自禁地，以飞蛾扑火的姿势，纵身而入。

语言暴力

楼下有个挺年轻的女人，带着一男一女两个孩子，两个孩子都上着幼儿园。

女人是全职家庭主妇，她和两个孩子都靠男人养活。

女人大约有三十几岁，长得还算齐整，偶尔也会见她收拾自己，穿起裙子的模样，也青菜儿一般，给人感觉却有些毛糙。

第一次留意她，是秋季开学没多久，她搬了一张方桌在外面，看儿子写作业。不知是字没写好，还是那十以内的加减法没算对，女人竟提了高腔吼了起来，一边还拿蝇子拍儿狠狠地照儿子背上“啪啪”拍了几下。

小男孩便咧嘴哭了起来。

我沉默地走过，心想，这些最简单的字和算术题，孩子们早晚能会，实在没必要发这么大的火呀。换了是我，没有工作的压力，无须面对复杂的人际关系，每日里让孩子们吃得开心穿得干净玩得快乐，辅导他们写作业，开启他们心智，是多么美好的事！——只要不乏爱心和耐心，能把铁杵磨成针。

后来，听多了女人的吼叫声，便也习以为常了。心想，女人只是脾气不好吧，不存在爱不爱孩子的事儿。

有时候，听她斥骂两个孩子，你会不由得皱了眉，觉得她可真敢说。“谁叫你给这个字加一撇的？贱样儿！”“头给你剁了！”“就知道死着坐那儿，懒死你了，没让汽车撞死你！”……

尖利的声音从她们屋子里传出来，一口一个死，外人听了，也会不寒而栗呢。不知那两个小孩，是怎样一日日地承受了这来自最亲爱的妈妈的语言暴力？

女人就不怕一语成谶？

而两个孩子，看起来还是活泼泼的。有时候看他们姐弟俩在门口玩小汽车，可爱的脸上满是天真无邪，我会在心里又是羡慕又是怨他们的母亲呢，——看这两个孩子有多好，为何就不能把和风细雨的一面给他们呢？

有时候，看女人跟邻居说话，一副温良正常的模样，语调和缓，是个明理的人，叫你有一刹那的错觉，无论如何不能把这个“她”与屋子里那个“母夜叉”重合在一起。

大概是长年累月带孩子，淹没于这些鸡零狗碎里，也不是那么好消受的吧。

放暑假了，有时，我正午睡，恍惚中，也能听到女人斥骂孩子的声音，一声声，尖利如刀。

有一日下午，我和女儿正在屋子里看书，楼下又锅滚一般闹吵开了，女人气急败坏地斥骂，女孩歇斯底里地哭叫，撕扯着人心，一直一直不能停歇。

我皱了眉对女儿说：“咋回事嘛？”

没想到女儿说：“成天都这样！我怀疑她是后妈！”

我想，后妈倒不至于，但是，这恶劣的声气，却实在是有些后妈的做派呢。

等我和女儿有说有笑地牵了手一起下楼，见女人也正要出去。好像是她让女孩干什么事，说了一遍，女孩没反应，就又恼火地重复一遍，女孩厌烦地嘟囔了一句——那说话的语气竟有几分似她母亲了。

女人立时勃然大怒：“我叫你敢犟嘴！屁股给你打烂！”边说边飞

快撵着女孩打去了。

看着这一副凶神恶煞的样子，我和女儿赶紧快步离开。身后，传来女孩撕心裂肺的哭声。

是她过分强调家长的尊严了吗？还是文化程度不高，欠缺作为一个女人和母亲的修养？

那在母亲的暴力下成长的小女孩，内心里必定充满了叛逆，甚至计划着有一日要逃离这“魔掌”吧？几年之后的青春期，也许是学校里一个最不起眼的男孩，很丑却很温柔，轻易就能俘获她的心。只因为，一份温柔的对待，是她成长里一直渴盼而苦不能得的呀。

而她的母亲，实在难辞其咎。在一个孩子生命之初最幼小的心田里，如果她的母亲没能及时丰足地撒播下爱的种子，那么，这至关重要的一域，将始终空缺，终其一生，一个人都将心怀着这种苍凉，去踽踽找寻，找寻那个可以填补空缺的人。

在社会的洪流里，一个没有爱的人，是没有根的，是缺乏支撑的无根飘萍。

而且，她是女孩。在一生漫长的岁月里，有的是磨难在等待她。——会遇到自己爱的男人，而他不一定真心爱她；结婚了，会有公公婆婆，他们不一定会善待他；还有行走于世，将会遇到的种种未知创痛……

一个母亲，在女儿能够伴在自己身边的年月，爱还来不及，小心呵护着还怕她受暗伤，又怎忍心施以语言暴力？

爱孩子，就给她底气。——哪怕全世界都背离了你，记得还有我，我坚韧绵长的爱，始终温暖如初。

遗　忘

不经意间听到了一首歌——《遗忘》，平静的独白，低婉的调子，流水一样，轻轻诉说着心底的忧伤，不觉叫人满怀凄然。

于是，一任自己的心情在这样的意境中，流水落花一般舒卷和怅惘。在这样的氛围和心境里，看人睹物，都似有情，却又隔了纷纷时空，浑然不似当年。

人毕竟是怀旧的动物，在行走中总忍不住频频回头，然而，美好的记忆终是有限。那冲破时光的界限，牢牢踞于心灵一隅的，常常是许多并不美好的东西。可是，也许因为生命曾经因之被咬啮，我们的心灵之树上赫然留下了越来越多的瘢痕，成为引发回忆的索引。人生不如意事十有八九，若不是有遗忘这双神奇的大手时不时凛然一抹，我们的记忆将是怎样的不堪触目！

“是谁说过，那最幸福的一种力量，是遗忘。”见证几许沧海桑田之后，经过几多得到与失去之后，在情爱的海洋里浮沉数载之后，目光和心灵平淡冲和之后，谁不会觉得这样言简义丰的句子，有着倒尽人心底惆怅的绮丽？疼痛太深，我以为余生都喘不过气来了，可是，经年之后才发现，一切已云淡风轻；苦难太多，我以为此生都看不到幸福的影子了，然而，峰回路转，泪已酿成蜜，梦也开满花……遗忘像最好的涂料，在我们无知无觉间，把过往刷新成美丽的忧伤，让颓败重新焕发出希望；感谢遗忘，使生命挣脱这凡俗生活中的种种羁绊，得以用相对轻松的姿势和比较从容的心态，满怀憧憬地迈步走向前方。

也知，其实遗忘是一把双刃剑，抹去了丑陋的同时，也无情淡褪了美丽。而我们，也深知不能同时看到一枚硬币正反两面的道理。那么，就让遗忘成全岁月遗留在我们心间的记忆吧，就像那天上的月儿为大地笼上朦胧的清辉。

在听着这样的歌曲的日子里，在深味着遗忘之美的日子里，有一天，一位老教师让我帮忙为他整理家谱。他说："写家谱可不是件容易事，一个家族上下千千万万人，你得收集整理多少资料啊，尤其是人物志，总想尽量写得具体一些。"因为另有人托我收集有关其家谱的信息，我正对这事感觉一头雾水，便想借机多些了解。他递给我一本家谱样书，信手翻看，见大量内容不过是干巴巴的有关族人人丁生与卒的最简单记载：在家族的历史中，曾有过某人，出生，死亡，如此而已。不禁感觉这简单直接像锐利的刀锋一样，把人生的过程都删减和忽略得叫人绝望。老教师呵呵一笑说："这样看来，人这一辈子确实很没意思。"我微笑着点头，同时感觉过去和现在的虚无。

曾经反复追问那些写家谱的老年男人，写家谱的意义何在，他们说，无非是想梳理一下家族的血脉，顺便可以研究本族的历史文化。如此说来，这应是最好的怀念方式——为了忘却的纪念。生命终究要淡出这喧嚷的尘世，谁曾经来过，谁又走了，再怎样切肤的感受，再怎样惊人的壮举，多年之后，不过是白驹过隙，不过是轻轻悄悄。我们在不断地遗忘着过往，也将成为过往，并理所当然地被遗忘。于是懂得，一转眼便是百年身，一转身便灰飞烟灭，这一世，生为俗人，又何必为些小事太多计较，还是开心一些、自然一些要好啊。

冬天的寒冷，使我怀念起夏天的温热，因为我遗忘了夏天的蚊叮虫咬，而夏季也便因之有着令人神往的美好了；在这一年要结束的日子里，我看见人们已满脸喜气地购置新衣了，因为已遗忘了去年此时曾发生过的不美好的事，而新年也便值得翘首以待了。不断地遗忘，人才会不断地生出仰望明天的彩虹的勇气，而生活也便生机勃勃，生命也便生生不息了。

是啊，那最幸福的一种力量，是遗忘。

优雅与恶俗

周末到常去的一条步行街闲逛，忽见前面明显拥塞，众人纷纷侧目，顺着视线看去，果然有些骚动。

那一带明显空出来的，是卖串串香的摊位，现在正满地狼藉，塑料袋、垃圾纸和一只倒在地上的桶混在一起，桶里的东西流出来，一个小女孩弯腰往桶里捡拾着些什么。不远处，是众人围观之下争吵的几个男女。着眼的是两个三十多岁的女人，都凶悍地两手叉腰，对骂，被人拼死拉着，犹做出要前去厮打的凶狠状。看情势，大抵是生意上的争端了。

不忍看这逼仄酷烈的生活现实，我大步离开了这是非之地。

于是便到常去的一家大型服装连锁店里，去看又新进了什么裙装。店里的大幅彩图上，媚眼如水的张曼玉一袭黑色衣裙，猫一般慵懒地演绎着高贵和雅致。又去看了旗袍，那如梦似幻的紫色，古典与现代的巧妙融合，单是在近处站一站看一看，周身就仿佛沾染上了一丝唯美典雅的气息。

在这氛围的围拢之下，在这气息的熏染之中，我的脑海里很自然地就浮现出了杨澜那美而慧的形象来。在荧屏上，在图片里，她似乎永远都是干练优雅的模样，温雅从容地笑着，无声地诠释着一个上品女人绝致的涵养和气度。

走出店来，我下意识地又望向那个地方，人群已经散去，人流像潮水一样涌过来，又涌向别处。而这里和那里发生着、还会发生多少这样让生命不堪的故事呢？

望着街上来来往往的人们，望着这些容貌与衣装各异的女人们，我忽然想，高高在上如张曼玉和杨澜们，是否见过这般真实如斯的生活场景？在她们的衣香鬓影、觥筹交错里，可曾映现过一些底层女性为生计所迫而歇斯底里的沦落？

所谓优雅，似乎总是如此不沾人间烟火。这固然与雄厚财力的支撑脱不了干系，却无论如何也与个人的知识和素养有关。当一个女人需要用双肩扛起生活的重负——那不停忙碌而早已结出厚厚茧子的双手，那来不及经常清洗和打理而散发出异味的头发，那只求蔽体勿论品味的衣服，那承受了太多风吹日晒、皱纹丛生的黄脸——有时还需撕破脸皮与顾客或生意上的对手争吵、打骂，难道低俗甚至恶俗就是这样产生的？这样的境遇和生活里，还有优雅可言么？

我想起了每个女子都还是小女孩的时候，曾经一样有着爱美的天性，皮肤都一样细腻圆润，不同的家境和生活经历，是怎样地滋养和摧毁了她们呢？有人流年无痕，随了光阴越发有了光彩和韵致，有人却早早现了老相，邋遢肥胖得辨不出性别了，这该怪谁呢？

回来把这情形说与家人，叹息贫穷之可怕。家人说，十几亿人的泱泱大国，有多少人还在生活的底层挣扎，仅仅停留在维持生存的层面？

其实，生活原没有那么丑恶。尽管很多人生活在底层，但只要没有那为生活挣扎的心，很多恶俗的事完全是可以避免的。

我在沉默里，内心浮泛起一种深沉的忧伤。

有女同车

那天赶着坐车，刚到路边一站，便有出租车停下，一个女人探出头来，问我去哪里。我去的地方比较远，而她，也刚好是送达包车的人之后空车返回，方向一致，价格不高，于是二人一拍即合。

经常坐车，所见跑出租的女性本来就不多，而她又是年龄偏大的中老年妇女。我稍稍有些意外，同时，也感到一种别样的踏实和安然。

同性相斥，那应该是发生在有可比性的二者之间吧。她是一个长辈的形象，所以，彼此都不必戒备和暗中较劲，反而显得轻松与亲和。似乎是从乘客的态度说起，她说："现在跑出租也不容易，问你坐不坐，你不吭声也可以呀，有时候，有些人真是叫人窝心。"

我也便说起了职场的苦恼和郁闷。说到哪儿，都容易相互理解，达成共识。两个萍水相逢的女人絮絮叨叨地有说有笑着，这于我，还是有生以来的第一次。习惯了在陌生人面前的戒备和沉默，闭合心扉，常常觉得，生命两两相对，这么近，却那么远。

也许一个人的沉默，有时候是不愿诉说，而有时候是找不到投缘的对象。与我的封闭相比，她是敞开的，乐于沟通的。于是，我便大致了解到关于她的一些情况。

有孙子了，但是，和那些一脸奶奶相的女人们比起来，她还是相当年轻的；为了寻找沉迷网吧的儿子，她十几年前就学会了上网，在论坛里很活跃；做货车司机那阵儿，有次车坏在路上了，给家里人打电话，家人也毫无办法，只好自己流着泪想办法解决……

说的人说得低沉动情，听的人听得敬畏动容。——丰富的人生阅历，年轻前沿的思维，这哪是一般的奶奶级女人能够达到的境界？虽然，她是那样的不美，却有着叫人越来越心动的饱满与涵养。

她长得真是不好看。皮肤粗糙，诉说着一个像男人一样奋斗过来的女人的沧桑；脸和手臂都很黑，五官搭配得也缺乏美感；不曾修饰过的头发，毛毛糙糙地干枯着；嘴唇也起了白皮儿，是极度缺水的表征。

一个有本事的女强人。——我在心里这样评判她。随即想起一句话：一个像男人一样奋斗过来的女人，还有什么柔情与希望可言？

可是，她对我说，这世上还是好人多，到什么时候都要相信终究是好人多，好人有好报。

我想，这一定是她用大半生的社会阅历做出的总结。一般阅历有限的人，遇到几件坏人坏事，就绝望地下断言，说世上没有一个好人。反是那些从大风大浪里过来的人，会感慨地说："不管咋说，这世上还是好人多呀。"

我说："你是什么样的人，就会遇到什么样的人。遇到的好人多，那是因为你自己也是好人啊。"

她笑着称是，然后给我讲了一个温暖她一生的真实故事。

那时候她还开着大货车，一个下着雨的晚上，车坏在了路上。绝望中，她想起了常听的交通音乐台，抱着一线希望拨通电话，说明了自己的困境。一个女士车坏在路上的消息播出后，她竟然接到很多愿意帮助的电话，有两个车主相继赶到，把她的车子拖到了最近的修车点。一路上，她不停地接到电话，询问她的情况，希望为她提供帮助。

她说："后来，我一直都锁定了交通音乐台。"

我笑一笑，接着听她讲。

"后来，只要遇到有人车子坏在路上，我都会主动帮忙。帮了很多人的忙，都非常感激。有一次，我往湖北拉货，到了之后，那人只给了一半的钱，让我等到下午。等了好几个小时，也没见个人影，不得不懊恼地返回。路上遇到了一个开普桑的男人，车坏了，恳求我帮忙拖回来，我爽快地答应了，并没有讲要多少钱。十几年前开普桑还是很牛的事，我也没问他是干什么的。拉到了，他给了我高于正常几倍的钱，我说什么都不肯多收，那人非常感动，后来还给我介绍了很多生意。"

时隔多年，她说起来依然有着掩饰不住的激动。我也听得心里暖融融的。

"大姐，你真是个有本事人，闯将！"我由衷地夸赞道。

"没办法。到了我这个年纪，才知道这人生的遭遇都是命啊。老天如果想要让你享福，就会让你出生在有钱人的家庭，或者有好的相貌。像人家刘晓庆，长得好，不用干就会有人把一切送到手里。像我这样，长得不好，家里又穷，什么都没有，你自己再不干会行？明摆着，这辈子是让你受罪的。"

品品也觉得她这话不是全无道理，可是，无论如何，她毕竟没有向命运低头，没有输给命运。

说说笑笑就到了目的地，觉得时间过得真快，我谢了她给我的人生忠告，留存了那些温暖的故事，那些世上还是好人多的信仰。一转眼，她和车子已经没入人海。我知道，此生再也不能逢着。

可是，这第一眼又老又丑的女人，会因为她生机勃勃的内涵，而在另一个女人的心里，美丽到永远。

今天我活着

曾经我的一个朋友在短短几个月内，接连听闻自己的学生和老师的死讯后，对我说："我以站在地狱门口的姿态活过这每一天。"

彼时，我还是一个懵懂迷茫的女子，不知道自己想要的是什么，亦没有人生的方向和目标。她说："人生太短暂了，是该想想如何走自己的人生道路的时候了。"

我昏睡的觉悟就这样被一个导师式的朋友一点点唤醒。

之后，读到周国平的文章，心头又是一震。他说：

"今天我活着，而明天我将死去——所以，我要执着生命，爱护自我，珍惜今天，度一个浓烈的人生；今天我活着，而明天我将死去——所以，我要超脱生命，参破自我，宽容今天，度一个恬淡的人生。"

在这样的辩证和哲思的浸润里，我想，我这离阳光最远的一枚果实，仿佛终于接近开悟了。

伸出手指，我看到时光太瘦，指缝太宽，不经意的一回首，已隔了数年；拧开水龙头，时光如水，哗哗流走，再也不能回头。

黯然心惊里，人便有了忧思，有了惘然和轻叹——今天我活着，而明天我将死去，我要珍惜当下的每一分钟，努力靠近我的梦想。

“人，最宝贵的是生命。”《钢铁是怎样炼成的》里这一段精彩的文字，早已被人们记住，烂熟于心，亦每每被人拿来劝导那些只是仰了脸一任时光蹉跎的学生。而生命对于一个理所当然地拥有和延续着的人来说，其“最宝贵”体现在何处，还是缺乏撼动人心的明证。如果没有感同身受或切肤之痛，所有的说教，亦显得苍白无力。

而我，在心灵的警醒里，以为自己已够珍惜时间，此心已够平和知足，当汶川地震于一瞬间吞噬万千生命，触目惊心里，始觉自己亦终是挥霍生命和不知足。

生命，原来总是需要比照的。不经历冷酷，怎知温和的可贵；不直面灾难，又怎知生命单是存在着就值得珍惜。当生命被剥夺，一切的拥有随之丧失意义。而曾被视为没有了就万万不能的金钱、权力，不过是人心不足的佐证，在生与死的关头，原来一切都可以放下。那些物化的虚浮在化为齑粉的一刻，在最亲近的人死别的一刻，留下的活着的生命，才终于能够彻悟，只要活着就够了，此外的一切，孜孜以求的，不过是一不小心就冒出来的贪念呵。

也许分开不容易，也许放下需要太多勇气，而灾难给这物欲横流的世界当头一棒——没有什么比生命本身更可贵，其余，皆是奢侈。

所以，今天我活着，感谢天地的宽容厚待，容我成长和延续。春风秋雨、蓝天白云，是生命最美丽的背景，而亲情友情爱情已融汇为奔腾的血液，使我明白了活着的意义。

今天我活着，已经可以明了，生命的责任，是明净天空，繁荣大地，并用温暖宽恕的心，珍重地爱人。

你的拥有无与伦比

一

春天了，渐渐和暖的气候里，封闭了一冬的窗子打开了，路上的行人和在朝阳处晒暖的闲人也明显多了。

我走在金色的阳光里，看街市上来来往往的人像梦一般从身边悄悄滑过。忽然，一个独特的身影闯入了我的视野。——这是一个残疾人，右腿蜷缩在轮椅上，单用左腿一下一下地点着地，并靠着这点推力前进。说是前进，其实是以退为进，就像许多健身的人倒着走一样，可能是像正常人一样的行进姿势太费力吧。

并没有人扶，他是一个人出来走走的。

他的行动已经如此艰难，可是，还好，当春暖花开的时候，毕竟还可以出来四处看看，寻常人看着也许会觉得人家可怜，其实也未必。虽然与随时可以撒腿就跑的人无法相比，但也许，他早就接受和满足了这样的现实，——至少还活着，至少还能自己动动。

在他眼里，生活已经非常简单，寻常人欲壑难填的烦恼都不算什么，能自由地奔跑，就是最大的幸福。

在他心里，再怎样平凡都不是遗憾，双腿健全的人，他们的拥有才是无与伦比的珍贵啊。

二

从前生活非常穷困的男人，为了挣钱，去花花世界里闯荡，终于有了很多钱，挥金如土，却也染上了绝症，从死神手里挣回一条命，后来，老老实实地做起了很小的生意。知道他人生经历的人叹息说，真不知道他是怎么接受和适应这起落的！

其实，有什么不好理解的呢？一个与死神擦肩而过的人，能够活过来，就是奇迹，还有什么比生命的存续更重要的呢？还有什么比看到第二天的阳光照在自己身上更让人激动的呢？

寻常人仍以名利之心去看待和权衡一个已然放下的人，自是费思量。

拥有健康的身体时，以为金钱是无与伦比的好，拿身体换来金钱时，才知道，健康是无以置换的珍宝。

生活很奇妙，可同时也像一个最刻薄阴鸷的人，嘴角总是挂着一抹嘲讽的笑。

三

十几岁的留守女孩自杀了，在留给父母的遗言里说：“我死了，你们挣再多的钱有什么用呢？”

因为穷，钱成了最大的事，所以，父母只得抛下年幼的孩子出去打工，而孩子成长过程中的种种困惑，黑暗中的绝望和挣扎，谁能知道？谁在意过？谁又能如何？有一天，当孩子幼小脆弱的心灵承受不了现实的冲击，以极端的方式结束生命时，父母再怎样呼天抢地，也为时晚矣。

为了挣钱，离开孩子，有了钱，却失去了孩子。

生活从来都不乏残酷和狰狞的一面，可是，为什么非要以在钱和孩子之间做取舍的方式，来提醒幸福和警示人心呢？

四

这些天，新闻里说得最多的就是MH370。载着同胞的飞机到哪里去了？这谜团竟是旷日持久。在不得不接受的残酷事实面前，又有几多哀伤。

如果不是走到了真真实实面对死亡的一刻，人会强烈深刻地体会到什么也不要、单是待在一起的好吗？

有人说：“我终于可以感觉一回自己没钱的好了。因为没钱，我寸步难行，更别说坐飞机了！”

更有人总结似的叹息一声说：“这世界，有钱的在外面跑死，没钱的在家里老死，反正最后都是一死。”

世间生离死别何其平常，一个人撕心裂肺的失去，也许就是另一个人漫不经心的拥有，只是，不到特殊时刻，人不能明白和感觉自己的拥有其实都无与伦比。

于是，上帝时不时惨然一笑，决定给人类一个警告。

谁好了疮疤不忘疼，谁就会终生免疫。

五

从两个站着说闲话的女人身边走过，顺便听到了她们关于“身材”的议论。

一个说：“你看人家，这么多年过去了，身材还保持得那么好！”

另一个说：“我从前做姑娘时候，也是一把儿的腰，现在愣是喝凉水都长肉。”

一个叹息着说：“嗯！不知道人家是怎么做到的。真是人比人气死人呀！”

我沉默地走过，心里说：“傻女人，瞎艳羡什么。上帝给了你们富态实在的好，却只给了我一个单薄的空壳。”

在外人看来，我们似乎都幸福得很，可是，每个人心里都有一个无可填补的黑洞。

其实是，一切都好，不欠烦恼。

也许，在变坏之前，在更坏之前，当下就是好的吧，无与伦比的好。

六

见缝插针地读几页书，看到这样的句子：和心爱的人待在一起，做着喜爱的事，这就是幸福。

只要要求不那么高，我们也都还算得上幸福，现世安稳，岁月静好。

所以，就可以不悲喜，不急躁，细数流年痕影，静听鸟语风声。因为知道，有一天，当我们以一颗沧桑辽阔的心去看这人生的全程，那些得失荣辱，那些升沉起落，都有着一如月圆月缺的审美价值。

所以，就可以在每一天开始的时候，跟正在对镜梳妆的自己笑一笑，默默说一声：你的拥有无与伦比，你可知道？

从今天起

那天去开会，刚进会场，我便听到一个清晰的声音在唤我的名字，一遍，又一遍，稍稍有些意外，但还是循声望去，便看到了我的高中同窗小新。

我在她旁边的空位坐下，就像，穿越将近二十年的光阴，一起回到了中学时代。

她有些兴奋地说："你刚才走到窗外时，我就认出来了！"然后语气一转，"你怎么还是不食人间烟火的样子！"

我笑了，心里轻轻一震。这么多年过去了，我以为，自己已像一只碗，在厨房里经年累月地放着，早已沾了生活的油污，染了岁月的灰尘，手一摸，腻腻地沾手了呢。

我们自然说到了还有联系的同学，说到不少人华丽转身。我有些羞惭，叹息自己至今仍原地踏步。她却略无艳羡，说："我很喜欢当老师，喜欢孩子和学生，不喜欢和成年人打交道。"

又有小小的意外吹过心湖。多年来，我听到的，总是谁考了研究生，谁当了大学讲师，谁考了公务员，谁挣了多少钱，谁开的什么车……总是横比纵比，直把自己打压得了无生气，觉得前路漫漫，而现状永远惨不忍睹，永远没有停下来喘息一下的心情和理由。

其实，像小新这样平和静好的样子，有什么不好呢？

我端详着小新，她气质更好了。从前是单一的清纯，现在是流溢着职业女性的干练。精致的黑上衣，纯白的裤子，长发编成的辫子，独一无二，叫我想起学生时代她白衣飘飘的模样。

中间休息，我们相约出去站一站，向楼下一望，便看到园子外，人家门前种的簇簇红花开得正好。

"走，看看去！"两人一拍即合，从一个小门出去，便来到一个安静的窄长小巷，一路种满了花花草草。那老远就明艳艳地引逗着你走近的，就是这些花开正盛的月季呀。

它们一直爬到了楼门头上，爬到了二楼的楼梯扶手上，粗壮的根又黑又丑陋，似乎提醒着你，再绚烂的盛放，都离不开根的支撑，亦提醒着你，一切梦想开满花的背后，都有着一个像根的姿态一样，看起来一点都不美好的奋斗历程。

脚下，车前子肥厚的叶片绿得喜人，小小的向阳花开得正热闹。这是一个什么样的人家儿呢？把门前装饰得如此天然成趣，如此雅致宜居，每天从外面回来，单是在这里安静地站一站，看一看，这红尘里的种种烦嚣就都消散了吧。

“鸢飞戾天者，望峰息心，经纶世务者，窥谷忘返。”想那南朝吴均，挥笔写下《与朱元思书》时，内心激荡的，大约就是这般向往自然、厌弃尘世的情致吧。——美景当头，什么都不想了，那些功名之争太累人，那些江湖厮杀太费神，从此后，我只想简单地活着，一粥一饭，一花一草，明月清风，弦歌雅意，就足慰平生了。

小新爱花，看到杂花丛中有一棵扦插活了的月季，便很想向主人讨来。于是敲门，一个老妇人走了出来，打扮得却很精致，手里拿着一根大葱，说是感冒了，要熬葱姜水出风。我们说明来意，她热情地说：“随便挖吧。”主人还给我们找了一个小铲子。

不一会儿，男主人也出来了，身上散发着知识分子的雅逸之气。他又拿了一个铲子，帮我们把花挖出来，用塑料袋子包好，然后又弯腰给花草们松土浇水去了。

望着人家这静好的生活，我真有点嫉妒呢。

就这样，哪怕做个平庸安逸的小人物，也是好的。而我们每天忙忙碌碌的，似乎连养花种草的空闲都不肯给自己，总觉得功业未成，没有那份闲情逸致。可是，岁华摇落，芳意何成，这实实在在的生活，却也一年年都这样潦草萧索着啊。

真是辜负！

离开的时候，老妇人送我们每人一朵鲜花。我们俩闻着花香，笑着走着，恍然又回到了学生时代，在河边玩耍了之后回来，每人的脖子上都戴着用花草编织的花环，头上，发卡上，也插着黄花，就那样青春如火地一直戴到了教室里。

转弯时，我忍不住回首，心里轻叹，我们只是看一次，人家可是天天都生活在这里呀。

小新真的是有爱心的女子呀，她轻轻地松开包裹花儿的塑料袋，让我把杯子里的凉开水弄一点儿，浇到花儿上，那小心翼翼的样子，就像在侍弄自己的孩子。我想，做小新的学生，也一定是件幸福的事儿。

外面有唢呐声声地吹响，一个生命又消失了。这尘世很吵，也很静，因为这样的时刻，怎不叫人由衷升起一种深刻的存在感。

不等明天，就从今天开始，做一个幸福的人。——走到哪里，哪里都有我的大海，春夏秋冬，哪里都会春暖花开。

第二辑

禅意飞红

蓝天白云应该是造化安排给人心灵的安慰。这样美好的画面，总是伴着一番风雨才出现的。雷霆万钧、狂风暴雨，恰如人生的苦难和坎坷遭际。我们只需勇敢地迎击风雨，去开创壮美的人生。

——《送朵白云给你》

夏 欢

这样的时节，总是晴一天雨一天。有时候，头一天还是风和日丽，没有任何风雨的迹象，甚至大半天都是安安稳稳的，人便想当然地以为会一直这样下去，然而，那神秘叵测的天气啊，它陡然就阴沉起脸，雨点子说下就下来了。叫人在防不胜防里，不由得会生出几许感叹来，人生就是这样的吧，今天不知明天事，我们唯有顺应。只是，天气还可预测，人事该如何揣想呢？

再生意盎然的春夏，新萌的叶子也会无声地飘落，就像这转眼就消逝的一天天，不管是再怎样充实的以为，也还是会在回头的一刻，难掩心下的惘然。我从柳下走过，那飘落一地的叶子竟铺展出一路的萧索，一枚枚青黄的叶片，宛若一地浮游的鱼儿。而这一去不复返的日子，那曾经不疾不徐来来去去的一天，平平淡淡的真实和琐碎，当我们回望的时候，是否，也会宛若这些叶片一样，幻化出凄美的诗情？

花开的时候，我走过，总会忍不住停留片刻，细细地感受这一刻的美丽；花褪残红的时候，我又走过，想起生命曾经有过多么美好的绽放，这凋零也便蒙上了一些温暖，不觉得凄然。

萌生，凋零，花开，花落，就这样伴着我们的生命，没有什么值得大惊小怪的，也大惊小怪不及，于是渐渐淡然。“夜来风雨声，花落知多少。”想着应是花与叶共寥落的景象吧。清晨打开门，地上却是默然无声的潮湿和干净。那些在雨里凋零的小生灵，都哪里去了呢？仿佛，它们从来没有来到过这个世界。唯有人家的屋顶上，斜斜地躺着一些凌乱的叶片，叫人看着心意黯然。生命的历程就是这样的吧，而自然界的新陈代谢也就是这样的吧，生生，死死，来过，消失。有时候，我们会以为自己很强大，力拔山兮气盖世；有时候，我们也不得不叹息，生命就像一片叶子，谁又逃得过匆匆过客的宿命？只有天道永恒。

我在，我思。生命如此豪华奢侈，虽有漫漫黑夜，但总有朗朗白昼，更有奇迹宛若彩虹。所以，欢喜，哀伤，都如此值得我们眷恋。

今夏，有雨的时候，撑一把伞慢慢地走，感谢有伞为我遮蔽细雨，也耐心等待晴好的天光，因为知道，此在，也是一种风景；天晴的时候，纵情行走，让生命如花绽放，因为知道，此在，亦是一种诗情。

这样的心境里，走与停，静与思，人心里都会盈满小小的欢喜与感动。生命的这一遭，静守过，喷发过，张眼珍惜地看过，用心炽热地爱过，良辰美景都不曾辜负，此心已足。

且让我，张开双臂，起舞弄清影。我比任何时候都更明了——人间有味儿，是清欢。

送朵白云给你

那天，朋友的养鸡场里新上了一批鸡苗，邀我去看那些宛若绒球球的小生灵们。一栋栋鸡舍里，小鸡们正扑腾着它们活泼泼的生命。朋友又引我看他在空地上种的各种蔬菜。茄子、辣椒都挂着果，植株被雨水冲刷得干净盈绿。

朋友在前边走着，一边指点给我看，不见我回应，回头一看，见我正仰着脸痴痴望天，便问："你在看什么呢？"

"哦，我看蓝天白云呢！"我不好意思地笑了笑。

连绵了一周多的秋雨终于停歇。久雨初晴，格外叫人心里欢喜。这时候，天空正是一片深蓝如碧，盈润纯净得水洗过一般，在这蓝底上，恰到好处地飘浮着一团团白云，像一朵朵大花儿，笼在人头顶上，格外奇丽。

我喜欢蓝天白云，贪恋着它的美。而秋云，又仿如聚散真容易的春梦，一刹那舒卷成最美的姿态，一刹那又消散无踪，徒惹人感伤怅惘呢。

我怎么都看不够，几陷入痴傻，便问："这样美丽的景致，你们看过没有？"

朋友笑了笑道："只顾忙，没有留意。"

我真是个幸福的人呢，随时随处发现并感受着愉悦，纵情享受着上天赐予的美好。

冬天的末梢，是下一场雨温暖一点，夏天的尾声正好相反，一层秋雨一层凉。每日里只是下，急一阵缓一阵，像话匣子一打开就收不住的人，舍不得停下。

人心里早就不耐烦了。雨，终于停了。一停就马上放晴，阳光明亮得宛如金子，耀得人睁不开眼。你一抬头，天又是碧蓝的了，碧蓝的天幕上白云朵朵，是那风雨之后才能聚拢成的硕大棉花，舒卷在绸布一般的蓝天上，干净美好得夺人心魄。

平素，我们这里的天空是难得见这般奇美景象的，通常是瓦块云，或搅碎的豆腐脑一般，扯碎的羽毛一般的。

我贪恋着这蓝天白云的好，心里知道，何止是阳光总在风雨后，经风历雨，大自然随行赠予我们的，还有这蓝底白花的素雅，静美如画。

因为贪恋蓝天白云的好，我渐渐明白，蓝天白云应该是造化安排给人心灵的安慰。这样美好的画面，总是伴着一番风雨才出现的。雷霆万钧、狂风暴雨，恰如人生的苦难和坎坷遭际。我们只需勇敢地迎击风雨，去开创壮美的人生，因为，蓝天早已准备了礼物，要把白云朵朵送给我们。

感谢朋友盛情相邀，让我一睹白云之美。可惜我身无长物，无以回报。忽然想到，朋友整天忙于事务，连抬头看云的机会也没有，这天上的白云，要能摘一朵送给他，不也是很好的吗？

生活于世间，俗事谁都有。低下头做事，吃饭穿衣不用发愁；抬起头看天，心灵才能有所寄托啊！

偷得浮生半日闲

早几天，见有人边翻看手机上的天气预报，边感慨地说：“这个周末最高温度十五度。大冬天里，该冷的时候不冷，不正常啊，得冷一下子才对！”

我听了心里一喜，这天寒地冻的日子里，还能隔三岔五地感受一下温暖如春的好，该是上天对煎熬在冬日苦寒里的生命的恩赐吧，干吗不及时放怀拥有和享受呢？

周末了，连日来苍苍凉凉的太阳果然温煦无比，那些“明媚”“灿烂”一类的词，就纷纷涌出来了。

午后，电脑里播放着喜欢的音乐，音量足够大，足够震撼，心儿便细密绵软起来。我拿了茶杯，边喝水边到阳台上晾晒衣服，金子一般的阳光正无遮无拦地照在身上，照在身边的阳台上。

花被子在一个大椅子上摊着晒着，吸收了丰沛的阳光，今晚盖着一定格外舒适，梦里也会洒满灿烂的阳光吧。窗台上摆着一袋子喜庆的瓜子、糖和花生，摊着看了一半的书，一支笔。只要有时间，我就见缝插针地读几页，并在喜欢和触动心灵的句子下面画上曲线，仿佛画在了心里一般。

这样好的阳光，不抓紧时间享受一下，也许是罪过呢，辜负了上天的美意。索性在椅子上坐下来，喝一口水，眯着眼看周围的树木。那几棵香椿树在秋天里叶子全部变黄，黄得通透美好，绚烂无边，落了叶子和茎秆之后，现在是一条条赤裸的“光棍”，干练简洁地伸展着，惹得我痴痴地看了半天。

旁边是一种叫不出名字的四季常青的树，椭圆形的叶片像一枚枚小扇子，秋冬春夏，都油绿油绿的。别的树木都是春生绿叶，秋天变黄，然后飘落，都有变化呢。这些常青树，我嫌它们太死板了，怎么能一点变化都不发生呢。有一天，我对一个朋友说出了心里对它们的不欢喜，朋友说：“要变化是多么容易的事啊，常绿才难。也许，它们心里也曾有过动摇，可还是挣扎着坚持了下来。”

我怔住了。

是啊，一切时间里的物事，唯有变化才是不变的真理。而这些四季常青的植物，多么像穿透了数十年光阴的爱情，曾有多少漫漫长夜里的挣扎，曾有多少形形色色的诱惑，累了痛了，都想要放弃了。可是，一颗心还是坚持住了，挣扎着坚持了下来。——我心里爱意涌动：一生不变，你离开也好，停留也好，一直一直，都是这样奔流不息的油油绿意啊。

看时光流转，我的情意不变，所以，我才能始终保持这英气勃勃的容颜……

我看常青树，感受到了一种可敬可喜的精神魅力，常青树看我，可有一种释然和慰藉？

在煦暖的阳光里，人不由得会生出无限的慵懒来，我索性靠在了花被子的棉花团里，仰着脸接受阳光的爱抚。清风徐来，洗得干干净净的衣服轻轻摆动，五颜六色地摇荡出无比的风情。附近谁家养的公鸡在打鸣，两只鹅在嘎嘎地叫。虽然不时有汽车鸣笛声传来，可是，只要我愿意，就可以享受一刻清净无扰的沉醉。闭了眼，阳光是我，清风是我，小草和鲜花也是我……

晒得浑身暖煦，懒懒地伸手摸一把瓜子，闲闲地嗑。小时候家里穷，我至今养不成吃零食的习惯，更看不得浪费时间又制造一地垃圾的恶俗。这一刻忽然发觉，原来，闲嗑瓜子也有一种美妙，咔嚓咔嚓地嗑着，就像心里的欢喜，迸出一个又一个，而那一地的瓜子皮，就好似欢喜的外衣，咧着嘴，密密地布了一地。

糖也是喜糖，大红纸，正面是正大端方的一个喜字，背面有穿了古装的一对儿小人儿幸福地眯了眼对了嘴儿。放了那么多天都没有吃，应该是等着此际。此际，且让我以静静欢喜的心情，剥一颗糖含嘴里，把这烟火人间的喜气，把这寻常日子里的欢好，甜蜜蜜地，一起融进生活和生命里。

平日里总是忙，碌碌无为地辗转，这实实在在的细小欢喜，这红尘俗世里的好，却视而不见呢。我感觉着这样的好，于是赶忙给朋友发一条信息，提醒一下幸福：此刻阳光正好，偷得浮生半日闲，且慵懒地沉醉一下才不辜负呀。

今天风光正好，且沉醉，也为生命存储温暖和能量，纵然明天寒冷，我心里已然春暖花开，一直灿烂到那九九艳阳天里。

偷得浮生半日闲，真好！

沧桑之变

“三十年河东，三十年河西。”不止一次听过这句话，苏亚在半懂不懂里，觉得那仿佛是无限遥远的事情。可是，三十年的嬗变其实不远，有时，它就在你身边，在你无知无觉的时候，一切都在光阴里改变了模样。

站在这三十年起落的风口浪尖的，是堂哥一鹏。

苏亚小时候，就常听父亲提起伯父和他的两个儿子，说一鹏长得怎样端正，那双眼皮也随了伯父的样子，哪儿好随哪儿。可是，苏亚几乎对他们没有什么印象。因为伯父早年从部队里转业之后，就把一家老小接到了城里，而苏亚他们一直待在农村老家。即便后来也搬到了那个城市，彼此离得不远，相互却少有来往。

兄弟如手足，有时候是手足情深，彼此扶助，有时候是两不相干，各自天涯。

在一个孩子的混沌天地里，当苏亚还不知电视为何物时，她就听说伯父家有了彩色电视机；当她们还在偏僻的农村住着旧瓦房时，父亲就去给伯父家帮忙盖新房了，回来感叹地说，那地板可是水磨石的啊。

什么是水磨石呢？刚上小学的苏亚张着一双迷蒙的眼睛，一切都是她无法想象的。在视听的极度匮乏里，一个人想要为自己插上想象的翅膀，也是不可能的。

有一次，父亲从伯父家带回了堂哥一鹏用过的许多作业本，都是写了没几页就不要了，后面还有很多空白页。苏亚和哥哥就觉得很高兴，毕竟那是从城里带回来的东西呀。

苏亚记得，堂哥作业本上的字写得瘦长绵软，怎么看也不像是出自男孩子之手呢。

后来就住得近了。伯父家的房子临着街面，旁边就是那个城市最著名的旅游景点。有时候正好路过，母亲会指给苏亚看，说那就是你一鹏哥家。有时候，正好一鹏在门前活动，苏亚就看到了一个瘦高个的年轻男人。

这样近距离的审视，甚至擦肩而过，他们从来没有想过要去坐一坐，聊一聊。因为，苏亚不止一次听说一鹏哥的冷漠态度。有时候是亲戚们，有时候是自己的父母，说起去伯父家的情形，也都是那一句："到他们家去了，一鹏看见你和没看见一样，一句话都没有，理都不理你！"

一鹏冰冷的排拒并不是针对所有人。他是看人下菜碟呢。遭白眼的，都是些穷亲戚；即便是父亲的弟弟，自己的亲叔叔，空着两手来的，那也是路人甲乙丙，没有说一句话打一个招呼的价值。

苏亚的伯父那时候是粮食局局长，一鹏哥结婚的时候，大家便都知道了，他找了个公安局局长的老岳父。那时候，他们的日子是怎样地欣欣向荣呢，苏亚就不知道了，金窝银窝是人家的，自己的还是那个穷窝。

哥哥从部队复员回来之后，工作一直不能安置，眼看着同一年回来的战友都先后进了这局那局，自己却因为一穷二白的家境而一直闲在家里，想要做生意吧，连个本钱都没有。穷是男人的硬伤，没有了钱，也就没有了人际关系，没有了在人前的尊严和底气。即便是自己的老婆，也会横挑鼻子竖挑眼地给你气受。

苏军上天无路下地无门“宅”在家里的那些年，一鹏倒是眼里看见过他。有时候是他包了些地种树，三伏天打电话让苏军去给树苗浇水，一干就是几天，晒得脱层皮，干完胡乱管顿饭就把人打发了；有时候是他开的饭店里有打架斗殴的事，通知苏军火速赶去助威，那次苏军的手臂还受了伤。

弄得苏亚的嫂子骂骂咧咧：“下次再有这样的事说啥都不去了，这不是把人当牛马使唤吗！他有钱是他的，咱又没沾他一分钱的光！”

也许，一鹏那辉煌的光阴像轻飘飘的纸张，一晃就是几十年过去了。而苏亚一家的苦难日子，却在煎熬和奔突里拉得漫长。

苏军结婚时的家具都是从一个叫老万的战友那里拉的，六千多元的账，一年两年了都还不上。要的次数多了，人家看苏军家那苦穷的样子，干脆翻了脸，一并带了车要把家具拉走。苏军躲账去了，老母亲苦苦哀求：“不能拉走呀，媳妇回来知道了又得生气了。”可是，怎么说都无济于事。抱着一线希望给一鹏打了电话，看能不能救一下急，先借几百，熄了人家心里的火。不料，一鹏一口便推掉了，最后，还是苏亚向同事借了三百元，才暂且把人打发走。临走，人家还放了话，说过几天再来。

自古穷是极地，就像有人说的“锅底法则”。当你处在锅底时，无论朝着哪个方向爬，也都是向上的。

而风水真的是轮流转的。当亲戚们还在指着苏军的鼻子，当众羞辱他“坐吃山空”的时候，命运的转机已悄悄发生。

那是一个偶然的机会，苏军牢牢地抓住了。一家濒临倒闭的服装厂，谁都不愿意接手了，苏军经过仔细琢磨，抵押贷款承包了下来，不到一年的时间，就彻底翻了身。

于是，一切改变模样。

所有的指责和羞辱全部闭嘴。先前的鄙夷，变成了刮目相看。——有时候，钱是最有说服力的东西。

那些家具钱当然早还清了。只是，富有戏剧性的是，那个催逼着要拉走家具的战友老万，后来竟陷入了落魄的境地，反过来张口向苏军借钱了。

想不到的是，哥哥有钱了之后，一鹏却越来越多地出现在苏亚的视野中了。

时不时地，苏亚一进家门，就看见一鹏哥在院子里站着。看见了苏亚，他走过来，很认真地低头审视这个堂妹，好像以前没见过一样，弄得苏亚很不好意思。

总之，一鹏哥的眼里终于看见他叔叔一家人了。苏亚想起，她刚结婚那几年，逢年过节去看伯父，一鹏都是视而不见的，不理不睬的。

这转变也太叫人难以接受了，可是，一鹏好像自然而然的样子。

背地里，苏亚不免问起一鹏频繁来的原因。母亲满脸不悦地说："还不是找你哥的，不是借钱就是借车，再不就是厚着脸皮要几盒烟。"

于是，苏亚就知道了，一鹏是怎样地离了婚又再婚，大房子捣成小房子，现在是租房子住了；他弟弟一飞又是怎样地离了婚又复婚。兄弟两个是怎样地先后下了岗，一鹏现在给人家小区家属院看大门，而一飞混到拉摩的的地步了。

亲戚们再聚到一起的时候，难免会比较一番，提到伯父当年的辉煌和今日的落魄，都说他压力大，明显地迟钝了，两个儿子也是越过越倒灿了。末了，叹息一声，总结说："这就是三十年河东，三十年河西啊。"

苏亚默默地听着，觉得人生真是富于戏剧性，同时，一种莫名的悲哀涌上心头。

当爱已成往事

闲来整理架上的书籍，随手翻开一本书皮已很老旧的书，那一行行小小的字，使紫苏忽然想起了那个送书的人。

“有的人，你和他根本没有认识的条件，却还是突兀地有了交集，这还能怎么说，只能归结为天意了。”后来和朋友说起宋家骏的时候，紫苏的叹息里有着明显的无奈。而宋家骏，就是那个送书的男人。

彼时，宋家骏正忙着考研，因为英语有些薄弱，他母亲便托亲戚给他找了一个刚从某大学外语系毕业的女孩小可辅导，说是包吃住，每月还有不菲的报酬。小可一时也寻不到合意的工作，只好暂且留下。可巧那天小可在街上闲转，竟然遇到了同窗多年的紫苏。毕业后两人各自忙着找工作，心绪不宁，便疏于联络了。谁想，居然还会在人海里逢着。紫苏大叹：若有缘，人生无处不相逢。小可说：“我收了学生了！走，一起看看去。”当下，两人手挽手一路说笑着来到宋家骏家里。

宋家骏在复习功课，正有些心不在焉，一眼瞥见小可带来个眉清目秀的女孩，忙过来打招呼。三人坐了，说些闲话，末了，小可提议大家下跳棋，紫苏有些窘迫地说：“我不会。”小可笑说：“简单得很。不会你现在也可以学学嘛。我帮你留心看看棋路。”于是便摆好棋子玩起来。

小可自然是驾轻就熟，紫苏是生手，每一步都盲目可笑，惹得小可咯咯笑个不停。紫苏不由得脸红了。倒是宋家骏好脾气，耐心地指导，还不客气地一次次去堵小可的路，看小可佯装生气地撅了嘴，紫苏不由得抿嘴笑了。

那天紫苏穿了一身宝蓝色的套裙，上装是复古风格的立领盘扣，蓝底上印着一朵朵小黄花，裙子是旗袍样式，两边各开了一个长至腿弯的叉。裙子的风情正与紫苏的气质相合，人与衣相得益彰。站立的时候，那透明的丝袜忽然有些松动下滑，她扭身悄悄提的时候，正好宋家骏从外面进来，两人不由得都弄了个红脸。

中午，宋家骏的母亲做了一桌子好吃的饭菜，看紫苏总是怯怯的样子，宋家骏便热情地给她夹菜，他母亲不由得笑着说："我们家骏还真是长大了，会招呼客人了。"

后来，紫苏问起当日的这些事，宋家骏说："紫苏，你知道我第一眼看见你时，心里的感觉吗？"紫苏摇摇头。"那真是如花似玉。"紫苏撇了撇嘴笑了，她向来觉得自己是长相有些丑的女子。"你知道吗？我从来不当众给女孩子夹菜，你是第一个。这不单单是对客人的热情，也是我的一片心情。那时候，我就开始喜欢你了。"紫苏感觉有些不可思议。

可是，宋家骏却用行动表白了自己对紫苏的欢喜，不仅有精神上的关心呵护，还有物质上的厚实环围。他说："紫苏，你为什么总是这样忧伤呢？我希望你能变成快乐的小鸟。我要你在我的枝头欢唱。"紫苏一抬眼，瞥见了宋家骏眼里的疼惜，平静无波的心，忽然"咯噔"动了一下，眼泪落下来。宋家骏慌忙用手给她擦拭。

后来，宋家骏考研成功，到外地读研，每次回来都把三分之二的时间用来陪紫苏，人前脚走，后脚信就飞来了。有次给紫苏买回一捆书，紫苏说：“有几本字也排得太大了点。”宋家骏笑了：“我特意挑选字大的，怕你看书久了对眼睛不好。”紫苏便笑了。

再后来，宋家骏举家迁移，因为恋着紫苏的缘故，和家里闹了几场，母亲以死相逼，宋家骏只好妥协。

紫苏又一次落下泪来，宛然是一种宿命，自己愿意珍惜的人，都终于失去。没有缠绕，没有追问，紫苏照常生活，却在照镜子时，惊讶地发现，自己又是人比黄花瘦了。

感情的事，无论当初怎样的惊涛拍岸，卷起千堆雪，多年之后，总是云淡风轻。紫苏惊讶地发现，自己已经修炼得很善于遗忘了。和宋家骏断了关系之后，她曾有多少次再翻起那些书，读那些文字，竟是很少想起是他送的了。

当爱已成往事，那么，就让一切退出心的舞台，拉开帷幕，又是一轮新的粉墨登场。如果曾经留下些什么，那也不必触目伤怀，生活的馈赠，总有着别样的价值和理由。至少，回望的时候还可以找到一丝线索，总好过，烟逝云去之后，手心里的无边空茫。

也许，这是最好的结局。

以扑火的姿势

走在街头，时不时能看到女人们这样的装扮：深色长款上装，腰带衬出精致细巧的腰身，下面配一条鲜亮的短裙。最妙的是，那短裙被上衣遮挡了大部分，只露出窄窄细细的一抹红，便有了惊鸿一瞥的美艳。

其实十年前自己的穿着就是这样搭配的。那时候，有人对我说："你真是摩登啊！"不知人家是夸赞还是嘲讽。

从来没有想过要与众不同。只是，在天地和衣服一色灰暗的冬天，我常常感觉一种几乎透不过气来的压抑，恰似缺氧状态的鱼儿，总想奋力一跃，获取一些新鲜空气。

改变不了环境，我总可以改变自己。穿色彩明艳的衣服，搭配出点亮眼眸的效果，似乎，这平淡庸常的生活便有了光彩，心灵和生命也随之生机勃勃起来。

这全然无意识的举动，似乎已然透露出一个人的性格和审美取向：宁愿承受狂荡激越的冲击，也不能忍受温吞庸碌的继续。

所以，我会喜欢凡·高疯狂极致的《向日葵》，喜欢有人恣意飞扬的狂草。

某天我去一个朋友那里喝茶，见壁上悬着一幅字，虽不认识，却看着欢喜。朋友说："是'真水无香'，行书和草书的混合。你喜欢狂草，说明你性格里有狂放的一面。"

原来，一个人的所有行为，都可以在他的性格里面找到依据，而行行重行行的辗转，不过是内在精神的辐射与衍生。就像一只圆规，万水千山走遍，回头看看，也不过是围绕圆心画了一个圈。

曾经花了很多时间，去看时装，并自己动手剪裁、缝制衣服，总不明白，为何衣装会如此吸引一个人。多年以后，我才知道，这与我骨子里对美的迷恋和追随切切相合。看时装，是发现和感悟一种美，而做衣服，是亲手把这精神性的美，物化为一种具象的过程。

这创造的快乐深深吸引了我，仿佛一个召唤力无比强大的磁场，一次又一次地将我吸附进去。

一别多年的朋友，见了面，第一句就是："你还是这样别具一格呀！"

我在这些惊愕里，想一想，是大家都在有意识地改变着自己，自觉把形象角色向着大众化的方向转换，以求与周围的大环境相融相合了吧。而我，一直都保有着自己，未曾丧失从前的那份本然与天真，所以，就显得别具一格了吧。

像鱼儿游不出自己的水域，心性里，似乎有着一种别样的奇异力量，驱使着，强迫着，我必须朝着一条幽暗的小道前行。

就像，在对着装的喜好上，我有着自己的审美观，永远会选择裙装。牛仔再流行，短裤再时尚，我也不肯追随，因为知道，那不是属于自己的东西。穿了，就周身不自然，有找不到自己的惶然。

冬大，我也希望能够尽量穿裙子。看棉袄，留意的，永远是可以与裙子搭配的精致短款，为这，没少遭人侧目。有人说："那不就她一个人这样穿嘛。"姐姐看见了，也是满口不赞成："哪有上面穿袄，下面配裙子的！"姐姐还热心地给我搭配了一套：鹅黄色的休闲小袄，一条蓝色牛仔裤，一双运动鞋。看我穿上，前后打量，说："还是这好看，大众化，流行！——你那是什么呀，成天就是高跟鞋和裙子，你上街上看看，有几个人那样穿呀！"

有那么一瞬间，我也会动摇，也许自己真的需要改变一下形象了。可是，问问自己的心，穿着牛仔裤运动鞋的我，明明感觉浑身不自在，就像把不属于自己的东西强加到身上一样，穿衣不就图个舒心，我为什么要为难自己？

我说了自己的难受，姐姐说：“穿衣服还不是叫别人看的？你觉得不舒服，别人看着舒服。你觉得舒服的，别人看着都不舒服。”

我想一想，觉得虽然有些道理，可我还是做不到，毕竟，我的人生舒服不舒服才是最重要的呀。我就这么一辈子，自己如此渺小，却以牺牲自己的感受为代价来取悦大众，就不必了吧，而且，众生也各有自己忙碌和关注的事情呢。

自己倔强的审美观就像一头猛兽，在灵魂深处冲决，我无力驾驭和捆缚，只好释放着它，也张扬着自己的个性。只是感觉，人活于世，想要做自己，有多么难。周围人的眼光和压力，来自亲人的劝说，都像凛冽的风一样，冲击着你，仿佛，你坚持做自己，是犯了多大的错一样。

可是，我只能像一条鱼，艰难地逆流而上，以此获得自己时时都醒着活着的感觉。生命不死，怎堪随波逐流。

又过了好些年，有一天，一个同事忽然对我说：“咦，你的眼光真是超前，从前就你自己穿小短裙子，现在大街小巷都是了！”

我才想起，可不是，这两年流行穿短裙，即便冬天，也到处可见短袄配裙子的穿法。那些对时尚不怎么敏感的女人，也都尝试着穿裙子了。

我静静地伫立，心里五味杂陈。这强烈的自我，跛扈地将我画地为牢，变了的只是潮流。想不到的是，这固执的坚持，有一天反而演变成了一种前瞻。

那许多无法改变自我去适应潮流的日子，我是独孤的，是另类的，于个体的生存感受来说，也是寂寞的，无奈何的。

当潮流如洪水一般流向我的孤岛时，我终于可以安然行走，而无须顾忌自己是否出离于大众。有时也会有一丝丝的心喜——潮流花了这么多年工夫，才追上了一个忠实于自己性灵的女人呀。

有一天，潮流还会离我而去，我还会站在这里。就像一棵树，人世再怎样轰轰烈烈地演变，它永远安静伫立，与天地鸿蒙相合相融。

上高中时，同桌的女孩对我说："第一次见到你，给人的感觉是，不俗。"

那时候，诧异之外，似乎还有一些欣喜，一个人被评价为不俗，总是好的吧。然而多年以后，我才知道，"不俗"这个词，有着怎样的生命不能承受之轻。

生活在俗世，为一个俗人，却有着不俗的气质和心性，若不能乖乖改变自己适应流俗，理所当然要付出代价，为流俗所伤，——归根结底，是为自己的不识时务所伤。

流俗的力量是强大的，它以洪水猛兽的强悍之姿，轻易吞噬掉任何不顺从的意向，个人的小小细微感受，都可以忽略不计。——而我，一无所恃的一个女子，心意犟不过天意，却一直被搁置在这般艰难的境地了啊。

是否，大众都经历了金蝉脱壳的阵痛，终于拥有了一双从容穿行于这俗世的隐形翅膀，而我，始终都未曾改变自己，奢侈地保有了那份淳朴自然的原始？

所以，有人会对我说："我们都被污染了，只有你，还有着一种蛮荒之美。"

曾经很久很久，我都不能明白是什么意思，以为别人是笑我天真痴傻。当我明白的时候，才知，那也许是对一个女子的最高赞美。

也有人对我说："看到你，想起了徐悲鸿曾经写过的几个字——独持己见，一意孤行。希望你能坚持自己的风格，坚定地走自己的道路。"又说："成大事者，当有梁启超当年'举国皆吾敌而不改其度'的魄力和特立独行的气概。"记得贾平凹也曾说过："孤独者只能勇敢地向前。"望一望，前路茫茫，后退已不可能，我也只能这样，勇敢地向前去。

于是知道了，这一世苦短，我却只能以飞蛾扑火的姿势，循着性灵的导引，寻觅精神世界那始终熊熊燃烧的光焰。那里有美，有爱，有灵魂的大悲痛和大欢乐。

穷我一生，奢侈地把所有心力都用在了真正喜欢的事情上，赤纯昂扬地做了一回自己，便纵然是飞蛾扑火，又当如何？——百年之后，不管燃烧与否，我们都将成为尘土。

涩与甜（外一篇）

一

秋来叶了黄，柿子也拥拥挤挤地上市了。每日里我去菜市场，总有老头老太太用筐子或塑料袋子装了，蹲在路边卖。有生涩的，也有捂熟的，或青或黄，都泛着诱人的光亮，让人垂涎欲滴呢。

想着那柿子只需捂几天，变软了，吃起来甜蜜蜜的样子，我就忍不住停下了脚步。

小时候，我家也种有柿子，总是结得密稠。秋天到来的时候，柿子下了树，母亲把它们放在一个大缸里，兑了凉水和热水，搅一搅，密封起来，过几天就可以吃了。

有时，我也偷偷地把柿子埋进麦旋儿里，放学回来了，扒出来看看软没有。那时候总是心急，等不到柿子完全变软，忍不住揭开皮儿尝一尝，才咬一口，就涩得伸长了舌头。

市场上那么多水果，我偏生见了柿子觉着亲切。是柿子触动了童年的梦想，还是勾起了我的乡思呢？

又大又黄的柿子，一块钱一斤，真是又好又便宜。一边挑拣一边想，那时的柿子现在还可以买，那时的光阴，却无处找寻了。

秋日的阳光，温煦和暖，阳台上光照充足。父亲说，就放外面晒着吧，要不几天就软了。

我看着这一堆又黄又亮透着质感的柿子，想着过几天就变软了变甜了，心里漾满了小小的欢喜。

可是，一等再等，一周过去了，我每天都要去看一看，摸一摸。我的柿子们只是外皮变皱了，个头变小了，并没有发软的迹象呢。

晒到有两周的时候，我忍不住剥开一个摸起来有些软的，一尝，竟然还是满口生涩。

有一天我到朋友家去，她屋子里竟放着一地柿子，让我吃，竟个个甜软！迷惑不解里，我说出了自己“晒”的柿子，却不明白怎么也晒不熟。朋友笑了：“柿子不能晒，要放在阴凉处慢慢捂。”

我便把那些柿子都拿进屋子里，又买了些新的放在一起。果然，一周左右，柿子都渐渐软了，轻轻一揭，不粘皮儿，内里是一汪醉人的蜜甜。

原来，一切美好的东西，不只是需要经历一个在光阴里积淀、转化的过程，而且要有合适的环境。如果不讲方法，急于求成，连甜柿子都吃不到呢，何况，这世间和人生里珍贵的种种。

二

那天晚上已经很晚了，我正准备睡下，弟弟忽然来了，要拿放在这里的东西。

他说，一路奔忙，有点口渴。我去倒水，才发现恰好热水瓶里没有水，忙忙地要去烧。

他拿起果盘里的一只苹果说："不用，不用，吃个苹果就可以了。"

我知道那些苹果自从天冷了以后就一直放着，果皮都有些发皱了，就有点抱歉地笑着说："那是些都放皱了的！"

弟弟一边收拾了东西要走，一边"咔嚓"咬着苹果说："嗯！就是放皱了，才这样甜！"

是吗？苹果因为放皱了，吃起来才格外甜吗？

我心里一震：半生匆匆里，一直以为新鲜的才是最好的。

于是，拿起果盘里剩下的一只苹果，轻轻咬一口，细嚼慢咽，不禁惊呼，真的是甜呀！

天冷了，吃上一口，让人感觉那凉凉的果肉一路冰凉地下咽，一直凉到了肚子里，所以，它们一直安静地在果盘里待着。在漫漫的岁月里蒸发了水分，不经意间，由从前的光鲜丰润现出了沧桑的额头。——那皱巴巴的果皮，可不就像干瘦的老头儿那层层叠起的额头？

我从前去买菜和水果，总是挑拣新鲜水灵模样可人的，那些长得不够齐整的，纵然价格低廉，也不愿意要。不嫌弃它们的，通常是那些上了年纪已经为人爷奶的人。他们一边挑选，一边说：“只要不坏，削了皮儿一样吃呀。”

原来很多时候，我们在乎的还是东西的皮囊。

超市里那些粉艳艳的仿佛抹了胭脂的苹果，印着“平安”或“爱”字，总是标价偏高的，可是，你吃一口，远没有想象中的好。这似乎在提醒我们，现在是一个在乎包装的时代，一个速食和欠缺耐心的时代。

爱慕光鲜的外表，实在是人之常情，也是年少轻狂的表现吧。

总要等到风景都看透，在浮艳虚华里倦了心，倦了眼，才能明白，那不声不响闪着朴素光芒的内核，才是最重要最珍贵的。

总要等到经历了许多人生风雨，有了相当的年纪和阅历之后，才有了去伪存真的定力，才能欣赏得了那些看起来形貌不够美好的人和物，并怀有朴素热烈的情意。

——在光阴里长久沉淀，高度浓缩，剥落一切掩饰，所以才会温暖和疼痛得如此触目惊心，如此具有吞噬人心的力量。

就像街头那白发苍苍步履蹒跚的老夫老妻，以粗糙的手彼此相握，以昏花的眼彼此相看，岁月的长风早已吹皱他们的流年，也因此，情意才会在时光的流年里，沉淀得如此金光灿灿。

一切美好的东西，都需要在光阴里才能获得价值和意义吧，比如生命，比如爱情。想想有一天我们都会老，变成皱皱的样子，岁月却也随之赠予了甜甜的内核。

生命的这一程，如此深邃，值得期待。

这一个轮回（外一篇）

一

从正是酷热的南方回到北方，一下子便嗅到了秋天的气息。从短裙直接过渡到长衣长裤，人心里忽地就笼上一种鲜明的差异感。

离开的时候，正是繁花满枝的盛夏，似乎是一转眼间，就花落水流、天凉好个秋了。

打开门，不过是封闭了两个月，此际竟是霉味弥漫。开了门窗通风，把衣物拿到阳光下晾晒，我知道，要不了多久，屋子里就会再干爽起来，只是，低头整理东西的一刻，总不免有些许感伤的情怀——若是心儿潮湿了，可怎么翻晒？那一抹辉照心灵的阳光，又该如何寻觅？

翻开看了一半的书，那些曾经触动心灵的句子下面，还存留着我用笔划过的痕迹；书页间，亦有蚊子小小的尸骸。它们曾经怎样轻灵地飞动，转眼，就成了风干的标本。那些相去不远的时光，都流水一样消逝了，唯余这些线索，让人在静默的瞬间，怅然莫名。

这样的时节，也是寒蝉凄切的时候。日里夜里，这些小精灵们一声声叫得歇斯底里，以至于成为令人厌烦的聒噪。可是，一想到它们曾在地下经历了四年的漫长黑暗，才换来阳光下这几个月的飞舞和歌唱，也许此后随便的一个降温天气，它们的生命便宣告完结，心里总不免盈满感动和忧伤。——因为知道来日无多，我才这样纵情地歌唱，生命的这一个轮回，我曾竭尽全力去释放，纵然力竭而死，也无怨无悔。

人生一世，草木一秋。而秋蝉的一生，也不过是其中的一个缩影，曾经这样响亮地在天地间存在过，比起许多终其一生默默不得语的生命，也不失为一种积极和成功了。

春生，夏长，秋收，冬藏。就这样在时光的推动之下见证着这一个个轮回，人心里总不免会时时而起许多欢喜和伤悲。而看过繁华的升腾和落尽、经历人生的坎坷之后，依然保有期待和热爱之心，我们，能不能成为洞明生活的智者？

月圆画一幅，月缺诗一章；花开传情语，花落诉流光。这一个轮回里，无论什么都是岁月深情美好的馈赠。站在这季节和生命的流转里，我的心灵悄然出发，去奔赴另一段风景别样的旅程。

二

当北方的夏季终于又一次热浪滚滚，我又听到了熟悉的抱怨："还是冬天好啊，穿厚点就行了；看这夏天，热得没处藏不说，还得天天洗，还有蚊子和蝇子！"

在这抱怨声里，我微笑不语。因为，我还是比较喜欢夏天的。那寒冷冬天里无数细小耐心的等待，而今终于盼到，纵然，有许多蚊叮虫咬的小烦恼蚕食鲸吞着梦想里种种的好，也还是欢喜着。

太熟悉，人们在冬天里对夏天的怀念，也太知道，人们在夏天里对冬天的歌颂。也许，这不过是人们骨子里追求完美的情结，而我，也太明了矛盾的无处不在，无时不有。世间本无完美的物事，又何必这山望着那山高，还是握住当下的幸福吧。

朝霞溢彩，落日熔金，虫鸣鸟语，荷香氤氲。看明亮的阳光斜照在树梢，听微风穿过花木簌簌有声，人在静默里，不由得感叹生活真好。

有时候，为红尘琐事所累，脚踏浮云，身如风柳，倦怠烦躁里，忽然就生出许多无明怒火，这世界便黯然失色了。

想来，我们欢喜的时候，世界繁茂如此，我们伤悲的时候，世界亦不会有丝毫改变，变了的，只是一己的心和眼。造物主必是欢喜热闹的，所以，世界永远是欣欣向荣的样子，孤单的，只是我们的生命个体。那翩然飞舞的蝴蝶，枝头鸣叫的蝉儿，地上默默爬行的小蚂蚁，是否就是我们生命的另一种形式？我们看着它们的存活，以为是盲目的欢乐。在它们眼里，在世界的浩渺无穷面前，我们人类追求的终极之乐和所谓意义，是否，也只是苍白和盲目？

这样的时候，忽然想起柳永的词句：“拟将疏狂拼一醉，对酒当歌，强乐还无味。”一个被相思填满心怀的人，日日思君不见君，想必，在强颜欢笑里，生活终归是无味的吧，连乐也蒙上了一层暗影。

看过一句很感人的话：人活着不单纯是为了爱，但爱却是使人坚强活着的单纯理由。是啊，人生苦短，无爱不欢，而所有的生之欢欣，只是因为我们有博大深沉的爱，要去追求和珍惜，去释放和捍卫。

若在整个从生到死的过程中，我们只活一天，若这一天有爱，那便已是永恒。生命因为被注入了爱，存在，便远离了盲目和苍白。

当下，让我们且行且欢。

坐下来，喝茶

中国茶文化源远流长，我却一直都是个粗疏的人，不曾研究过茶，甚至，连坐下来静心喝茶的时候，也极其有限。

最先留意到茶，是因为一种叫“忆江南”的红茶。白色的大纸袋里，有许多小包，一端系了线。我不在意那茶的好坏，单是被袋子封面的一首《忆江南》的词动了心：

江南好，风景旧曾谙，日出江花红胜火，春来江水绿如蓝。能不忆江南？

是白乐天的词吧？寥寥数语，把江南的风物描摹得美不胜收。一句“能不忆江南”，如此简约直接，轻易就把人的心魂都勾摄了去。

于是，爱屋及乌地试着泡了喝，却喝不出茶的味道。那时候，正是夏天，一个朋友对我说：“红茶是适合冬天喝的。”又有人说：“袋泡茶都是残次的碎茶叶。”

我忽然就懊恼了，本来喝的就不是茶，而是那首《忆江南》的意境，却怎样都不对呢，索性连这个也弃之不理了。

于是，此后的很多年里，我的“喝茶”，就是白开水一杯，无色无味，真水无香，倒是像极了我的为人和心性。

有一年读安妮宝贝的书，她写到，用玫瑰花蕾泡茶，有浓郁的香味。因为喜欢一个人的文字，也就连带着接受了她的生活习惯，于是也买了玫瑰花，喝起来果真别有一股浓香。

只是，我的心思游移，喝着那玫瑰花茶，眼瞅着那艳红的小朵，竟是永远留在了含苞的状态，仿佛人心里的爱情，因为没有逢着那一个人，所以，终其一生，都未曾绽放。此后，即便再滚烫的温度和热力，也不能使它们舒卷开心扉，至死，也还是保持着无限惘然的憾恨姿势啊。

也许是那艳红的小蕾每每令我的心揪痛吧，后来，也不再喝了。

生活中，喝茶的人似乎以男性居多，总见他们成日里拿着个大茶杯，边说话便呷着茶。来人了喝茶，诚然是待客之道，可是，我总是不明白呢，茶有什么好呢，有那样的吸引力。

看贾平凹先生的散文，也总是提到茶，提到因为贪恋着那一罐罐好茶，而总被人“骗”去一幅幅很能卖些钱的字画的事；而林清玄先生更是写了许多有关茶的文字。

两位大师级的作家都如此钟爱着茶，看来茶是真的好呢。有时我想，也许，他们的那些神妙文字，就是在茶香氤氲间迸发出来的。茶有灵性，撩拨得文人的才思若水一般，活泼泼地长流。

而茶是如此的中庸平易，雅俗共赏，各得其所，各得其乐。《红楼梦》里写茶，妙玉自有她的高标孤绝品位，而刘姥姥也可以开怀畅饮，即便在一帮贵族青年眼中，那不过是干粗活的庄稼人的“牛饮”。而茶却有着福泽众生的水性，不排斥，不拒绝，人人可得而饮之。

有人喜欢去西餐厅里喝茶。迷离的灯影，影影绰绰里，一枝玫瑰斜插在瓶子里，空气里浮泛着暧昧不明的气息，更兼，有牛排汉堡在破坏着气氛，不伦不类。再好的茶，那味道也不对劲了。

而我的感觉里，喝茶的氛围应该是阳光明朗的。三五知己对坐，庄谐自便，古雅最好，喝的何止是茶，更有无限情味在里头。

我每次到老师的止观斋学习，他总是先沏一壶香茶，一边含笑捧给你，一边亲切介绍，这是什么茶，味道如何。而我，常常辜负他的美意，只是捧了，并不怎么喝。张老师打趣地说：“你是担心茶里有毒吗？”我解释说：“不敢喝，怕喝了饿得快。”张老师以为我在减肥节食，我笑了：“是消化得太快，一两碗饭本来就支撑不了多长时间，茶水再一冲，很快就又觉得饿了。”他一笑，说：“茶可以喝，还可以用来暖手呀。”

于是，我便捧着香茶，暖手，也暖心。

也有对茶颇有研究的文友，边喝边讲，讲茶道，讲人生。精致的淡绿色茶具，浅浅的容积，一次只能倒一点点儿。于倒茶的人，更见殷勤细致，于喝茶的人，在慢慢地品味里，知道了，所谓浅斟慢饮，是怎样一种轻松闲适，而光阴亦显得沉静美好了。一室之外，是车马劳碌的红尘，因为茶水的浸润，一忽之间，人心里似乎被注入了无尽的淡然，有了“心远地自偏”的静定。

“采菊东篱下，悠然见南山。”我想，风雅纯粹如陶渊明，应该是会用菊花做酒和茶的吧。——喝一口菊花茶，闻着蕴藉沉厚的幽香，闭了眼，隐居生活的清苦便烟消云散。而我，唯愿化为一脉远山，一只飞鸟，一丛菊花……

一个人，无论他干什么，都得有坐功。就像一瓶浑浊的水，静下来，沉淀了，才能见得清澈澄明。而喝茶，也是一种平心静气的修炼。

何况，都说，女人是水做的，更应该多喝茶。茶水可以美容养颜，身体处于弱碱状态，对健康有益。喝茶，不仅仅是对身体的滋养，更是一种心灵的怡养。一个女人的修为，是多层面的，是一辈子的坚持。

茶与禅，发音如此接近，也许，本来就是近邻，本来就是一体。品茶，也就是品味人生的禅理呀。

我汗颜于自己的粗疏，越发觉得修为不够。那么多的时日里，我竟像一颗尘埃，浮躁得坐不下来呢。

是时候该让自己坐下来，也静下来了。想一想人生的所求，问一问心灵的所向。仿若历经千回百转，茶，终于走进我生命中来。

——读书，写字，喝茶。且让我，用心捍卫，这微小而又郑重的坚持。

生命的绝响

你见过这样奇异的花朵吗？花呈四瓣，每瓣自成一色：红、黄、蓝、白。

是的，这是一朵奇葩，是一种生长在非洲戈壁滩上的小花，名叫依米。

在那里，沙漠无边，气候严酷，堪称“死亡之海”。极端的干旱成为威胁生命的最大杀手，所以，只有根系庞大的植物才能很好地生长。

依米却没有根系，只有唯一的一条主根。

可是，依米的生命一直都昂扬着，有开出这世上最美花朵的愿望。

开始的时候，依米的同伴很多，都憧憬着开花那神圣的一刻。可是，这经年累月的苦楚，谁能坚持？它们不是自己灰心放弃，就是体力不支、疲累而死。

看过太多流血流泪的故事，只有依米，挣扎着一直坚持了下来。

每一天，依米都能感觉到，周身的每一个细胞，都奔突着强烈的愿望，一定要坚持到底，一定要绚烂绽放，证明自己！

依米知道，水分就在地底下无限深远处。但是自己的根太幼嫩，而地壳太坚硬。有多少次，依米无助地哭泣，为这苦痛太长太多，为自己太渺小太脆弱。

哭过之后，依米仍然没有放弃。因为知道，如果不能积蓄到足够的水分，就算在地面吐绿绽翠，这极冷极热的荒漠，也会瞬间吞噬了自己的小命。

所以，依米早早弃绝了任何侥幸的念头，夜以继日地努力，蜿蜒盘曲着，把根一点点插入地底。因为知道，除此之外自己没有任何借助和依靠，只能这样，只能这样啊，在这炎凉的世界里孤寂地活着。支撑她的，始终是那开花的愿望，那无悔此生的顽强——我要钻出地面，感受清风和阳光，也承受狂风和暴雨。哪怕是，朝生，暮死。

为这，依米耗费了五年的心力。五年，依米像构建金字塔一样，完成根茎的穿插工作，然后，一点一点地积蓄养分。

终于，在第六年春，当一切准备终于就绪，依米才在地面萌出小小的芽儿，像刚刚出生的婴儿，依米好奇地睁大眼睛，张望着这辽阔的世界。

为着这一刻，依米的同伴们已做了太多尝试和牺牲，只有她咬牙坚持了下来。

一望，是无际的荒漠，再望，瞥见了星星点点的绿洲。白天，日光暴烈；夜晚，寒气侵骨。而依米，这五年来在地下的苦苦修炼，已经具备了迎击一切狂风暴雨的强悍心性。

无论如何，依米都要实现这个开花的梦。不是不知道累，是信念支撑着她，才没有倒下去。

有一天，一队沙漠探险者从依米的身边走过，人群里突然发出了惊叫声："我的天！这是怎样灵异的花呀！"

他们极度疲惫和饥渴的眼睛里，闪射出神奇的光芒。

是的，这是依米的花，用尽浑身力气，开出的生命之花！——小小四瓣的朵儿，每瓣自成一色：红、黄、蓝、白。

五年努力，拼却一生心，开出只此一朵。只有不畏艰险，以命相赌的人，才有可能见证依米的华彩。

"依米，依米！来自天国的神花！"他们激动得流出了眼泪。

陷入绝境的人们，循着依米的花瓣所指示的方向，找到绿洲，并最终走出这荒漠。

一个梦，已做得太久。而今，梦已开满花，泪已酿成蜜。漫漫五年坚持，短短两天盛放。依米轻轻叹口气，红、黄、蓝、白四瓣相继飘落。

每个生命都有绚烂一回的理由。这一世的心愿已了，依米也已耗尽力气，所以，可以含笑归去。花期仅两天，之后，依米随母株一起香消玉殒，成为生命的绝响！

裹一袭披肩，前行

入冬了，渐寒渐冷，有一天忽然发现，衣橱里的丝巾虽是花花绿绿，却没有一条厚实暖和的，都是徒有其表的轻软稀薄，好看是好看，终是不抵风寒。

像我这样畏寒怕冷的人，朝来暮往的奔走里，爱自己，该有一条厚实的披肩才好。仿佛，秋的风寒，冬的霜雪，因为这一袭披肩的护围，都被阻挡了一般，人心里就会有着固若金汤的温暖。

于是，到大大小小的超市去转，去找寻，都没有可心可意的一种。终于在一处装饰豪华的卖场见着，足够宽大，有着温暖毛绒的触感，颜色却一例暗沉，不合我的想象。

有些惘然地回去，忽然萌生一个念头，何不自己动手做呢？那些加绒的通常都比较窄，如果买两三条款式颜色一样的，缝在一起，就可以了。

为自己的小小创意激动着，跑去买，人家都是一款只进一种颜色，找了好些地方，总算找到心仪的一种。我向来不喜淡粉的颜色，在审美上，重口味地偏爱着浓烈，红要鲜红，黑要浓黑，唯其剧烈，才能吸引我的眼眸，才能与自己的心性相得益彰。

本来是想让缝纫铺里的女人缝一道子的，坐下来一端详，觉得还是自己动手做比较好，那些小细节的处理，我不要受任何人的影响。

于是穿针引线，针脚细密，也把情怀扯得悠远。

这样的时候，我忽然就想起前些年女儿尚幼小，常常乐此不疲地给她做衣服的情景。杂志上最流行的衣裙款式，看一眼就知道该怎么做了，没学过裁剪，还是粉笔一画，剪刀一剪，就做出来了。没有缝纫机，全是一针一线亲手缝制的，色彩明艳，款式新潮。那时候，小小的女儿以穿着我做的衣裙为荣，走到街上去，那些独一无二的构思，也每每惹人讶异。

于我，那是一种创造，而这创造的快乐，是我此生唯一的沉醉。

披肩很快做好了，怒放的花朵图案，明亮的黄，有着盛夏里向日葵一般浓烈如金的色彩。除了厚实温暖的功用，它还流泻出一种审美倾向。

我披了立于镜前，它们围裹住了我稍显单薄的肩和背，精致的流苏无声摇动，一股暖意轻轻悄悄地漫上心头，侧身回首，忽然间竟有了“一蓑烟雨任平生”的感觉。

其实，与我臭味相投的人，也都是具有独一无二特质的人，不喜欢雷同和模仿，不喜欢重复别人和自己，对平淡和平庸缺乏耐性，向往挑战和创新，哪怕艰难，哪怕失败，也义无反顾。

很多时候，我对自己骨子里的这种特质无能为力。人丛里，一不小心就会鹤立鸡群，仿佛，张爱玲照相时，那下巴微抬，不经意就流露出的睥睨尘寰气质。又恰似苏东坡，那傲岸耿直的性格，一直是他不屈的印记。

仿佛前世就已经打上了深刻的烙印，我必须是这样的，只能是这样的。有一天，我对人说了自己的这种无奈，那人却说：“若非如此，不是显不出来你了吗？”我有些惊愕。

心与心的距离，原来山遥水远，于是不再说什么。

但我想，张爱玲若在世，她定能理解我的生命是怎么回事，就像，我是这般明白着她一样啊。又或者，若是与苏东坡生于同一时代，大概也是能一拍即合成为朋友的吧。

——风雨来，不避开，且向前，就像沙鸥来去天地，只为寻觅一个奇迹。

小蝶和小鱼

苏小鱼和她姐姐苏小蝶是双胞胎，一样的样貌和出身，却有着决然不同的个性。小时候，母亲带她们姐妹俩去游乐场坐小飞机，苏小蝶总是不停地摆弄前边那些控制升降的按钮，在忽高忽低中，她感到一种危险的刺激和快乐；而苏小鱼只是安静地坐着，她对那些机械类的东西不感兴趣，前面的升降按钮对于她几乎不存在。看着身前身后的小飞机都升升降降地玩着花样，她也毫不动心的样子，仿佛一切都与己无关，她只要坐着，一圈一圈地转着就好。急得母亲在下面直跺脚，指手画脚地给她示意，也终是不起作用。

真的是性格决定命运。

姐姐苏小蝶初中毕业以后就不再上学了，而苏小鱼的成绩一直很好，就顺其自然地上了高中上大学。

初中毕业的苏小蝶，已经焕发出一个美丽女孩的万种风情，吸引了一拨又一拨的无良少年。她跟他们学会了吸烟喝酒，猜拳行令，也学会了说脏话骂人，每天打扮妖艳地出入干临时工的造酒厂，享受着异性的殷勤和同性的嫉妒。仿佛一枚含苞的花骨朵，还未全开，就香气四溢，招蜂引蝶地热闹着。

苏小蝶乖巧灵动。在社会上蹚了多年，口儿甜心眼儿活，干什么都透着一股机灵劲儿。即便在家里，也变着法儿讨父母欢心。而苏小鱼就显得呆笨多了。她只是一心扑在学习上，并不钻研为人处世之道，见了人，先怯怯地塌了眼皮，说不出一句讨人欢喜的话来。她学不来姐姐打发人心里舒畅的那一套机巧功夫，心眼儿实在，饶是事情做了，背地里，母亲还拖腔带调地叹息："心里不透气儿呀——"

有时候，跟邻里之间有小纠纷，起了口角，双方对骂，苏小蝶都是勇猛地冲到前边。那些从小混混们处耳濡目染来的极具杀伤力的脏话，仿佛蘸了毒液的利箭，被她以无比洪亮的声音，飞速射向对方。围观的人再多，她也脸不红心不跳，过后也不放在心上，似乎一转脸就忘了这不愉快的事儿，一副拿得起放得下的豪壮气魄。

苏小鱼站在一旁，看着姐姐的壮举，那一刻不禁心生敬意。在生活的灰暗真实面前，自己并不具备这番从容应对的能力和勇气。多年的学校生活，苏小鱼受的都是正面教育。她接受的是如何礼让与谦虚，如何智慧地化干戈为玉帛，而真实的情形却往往是秀才遇见兵，有理说不清。尴尬的是，兵不会和秀才说理，秀才却不得不跟兵比武。

有人说，对待流氓，就要用流氓的方式，苏小蝶无疑演绎得极好。

而走上社会的苏小鱼，真的就像一条鱼呢，怎么也游不出自己的水域。那些受过的教育，读过的书，潜移默化里，都成为无形的条条框框，限制和约束着她的言行举动。而生命仿佛涸泽之鱼，在世俗的逼仄里，水似乎在逐渐减少，而氧气也愈发稀薄了。

苏小鱼上的是师范院校，毕业后颇费了一番周折，才进了本地的一所专科大学，担任某系两个班的哲学课。课业是高深而又无聊的，而人们对于一个年轻女子讲授哲学，尤其觉得无法可想。似乎，那应该是上了年纪的老头子们才能啃得动的东西，探究灵魂和生命的意义，终究是凌空蹈虚，辽远而又不切实际。

太有文化也就算了，苏小鱼又懒于在为人处世上下工夫，其实也是学不来人家见人说人话见鬼说鬼话的功夫，不分高下，一律不远不近地淡然。所以，在单位里，她的日子不会好过到哪里去。有时候开会，领导虽然没有提名，苏小鱼还是隐隐感觉，那是在暗指自己。而和那些大小领导们关系搞得好的同事们，是从来不用担心会有这些明里暗里的批评和指责的。

苏小鱼就想，自己在物质和精神上都没有付出，听人家几句难听话，也是应该的吧，于是，依旧过得心安理得。

有时候，学校里也会有热心的同事给苏小鱼介绍男朋友，是家世很好的男孩，后来，就有风凉话传到了她这里，——“瞧她那病病歪歪的样子，拎起来一绺，放下来一堆，将来能不能生小孩还不一定呢。”这话是说给那男孩母亲的。一探听到他母亲不赞成他们来往，要他“全面撒网，重点捞鱼”，苏小鱼就渐渐断了和他的关系。——因为知道，自己不是人家要捞的那种鱼。人家向往的，是欢喜吉祥会跳龙门的鱼，而她，只是一条想在水流清浅处自由游水的鱼，一尾单薄无温的鱼。

而苏小蝶，风风火火，聪明果敢，却不提防，竟屡屡撞在感情这堵墙上。只要不与感情沾边，她都是冷静而又有智慧的。可是，一旦爱了，就聋了盲了，好似一脚跌进了无底深渊。

爱有多投入，伤就有多惨痛。

有时候，母亲一看到苏小蝶在镜子前左照右照地臭美，就知道她又要出门约会了，不免望着她的背影无奈地骂道："真是贱到了极点！和谁好，就一门心思地向着人家，给人家俭省，唯恐人家在她身上花一分钱！"

苏小鱼的心就一揪一揪地疼。一个女人，要爱那个男人到怎样的地步，才会为他俭省啊。可是，在苏小蝶强大丰盈的热爱里，那个男人是否心领神会她的这份情重呢？男人也是犯贱的吧，轻易得来的东西，就不是好东西，只有那放在高处，踮着脚跟也够不着的，才是无比珍贵的。

等到苏小鱼和附近中医院的一个医生结婚时，她那美丽痴情也饱受刺痛的姐姐竟然不见了。一家人都在忙乎苏小鱼出嫁的事，而一向勤快早起的苏小蝶却迟迟不见了踪影。苏小鱼推开姐姐的房门，看到床头柜上那一板被抠吃得干净的安眠药时，心遽然一沉，慌忙喊人送医院。

感情就像一阵阵风，在醉意阑珊之时，抽身而去，留给沦陷者满心伤痕。

苏小蝶总是爱上不该爱的人。那些疯狂追求她的人，写永远爱她的血书，拿刀子在自己手臂上写下她的名字，她都不屑一顾。她喜欢挑战和刺激，那些逆来顺受、随高就低的男人，在她眼里魅力全无。征服她的，是那些混世魔王和有妇之夫。而混世魔王总是得不到家里人的认可，有妇之夫自然也不会给她婚姻的保障。

在医院里洗了胃输了液之后，苏小蝶好像呆傻了一般，俏丽的一张脸，唯余一双空洞的眼，诉不尽的寒凉和绝望。

感情的竹篮打水一场空，加上苏小蝶总是心疼着所爱男人的每一分钱，落得自己满心伤痕，空自姣好，却连件像样的衣服都没有。她母亲也是气极了，说："看你落得像什么，人不人鬼不鬼的！"

更有冷眼旁观的亲戚，背地里刻薄地说："她呀，看着聪明伶俐，其实比谁都傻。还不如那些鸡婆呢，人家最起码也混个衣着光鲜！"

而苏小鱼，一直过着波澜不惊的平头小百姓生活。丈夫也是实诚人，不会钻营投机，收入一般。看着周围的同事渐渐发家的发家，升职的升职，自己依然原地踏步，她便想起，上高中时教英语的男老师那句话：吃不饱也饿不死。多年以后，她才明白那话说得有多好。——你把大好青春奉献出来，却只能在半饥半饱里煎熬和挣扎，心有不甘，却又缺乏挣脱的勇气，如食鸡肋。

后来，伤心已极的苏小蝶离了家，去到千里之外的深圳碰运气。先是在超市里做导购员，一天到晚站着，夜里睡觉腿直抽筋，这样辛苦，一个月工资也还不到一千元。有一次，她都沮丧地打电话说要回来了，之后却又不提了。

一年多后，苏小蝶回来的时候，已是衣履鲜展、出手阔绰了。她还在最繁华的路段买了套房子，给父母留了一笔钱，才又返回了。

苏小鱼不免好奇地问她母亲，姐姐做的什么事，一下子就很有钱了。她母亲顿了一会儿才说："她现在终于开窍了，专套男人的钱。"

苏小鱼便不再问了。有时候，她回家，姐姐正好打来电话，母亲耳朵有点背，总是按免提，苏小蝶的声音便响亮地传了过来："甭管他是谁，不给我钱，我理都不理他。"

冬天的时候，父亲心脏病复发，需要立马做手术，拿不出那一大笔钱，苏小鱼干流泪，没办法。苏小蝶坐飞机回来，交了手术费，并训斥了妹妹：“现在你知道了吧，没钱，你就只能看着自己的亲人病死。你说你有孝心，你拿钱来表达呀，光有心顶个屁用！”

苏小鱼无话可说。“一个月就那一点工资，还上那班干什么！这模样生在你身上，真是浪费了！你素质高，你有文化，没用！现在这社会，有钱才有尊严！”

苏小鱼不能言语。她上学花的钱，到现在还没有挣回来。而她花了家里那么多钱，在学校里学来的只是清高和不食人间烟火，是在现实面前的不合时宜和无能为力。

“以后别再看那些破书了，把精力浪费在那上面有什么用？你看看你穿的衣服，住的房子，过的什么生活！”

正说着，苏小蝶的手机响了，她马上换了温柔妩媚的语调，无限娇憨地和人家笑谈起来。

父亲的手术很成功，苏小蝶于是又飞走了。苏小鱼觉得，她真的像一只魅惑无限的花蝴蝶，成功巧妙地激起男人们的垂怜之心，却又不陷落，只是不远不近地扇着翅膀，撩拨着人心里的那一丝贪念。

苏小鱼的眼前，时不时还会浮现出姐姐那无限骄傲的神气。

“你在地上捡个钱还得弯弯腰吧，我连腰都不用弯，人家直接就把钱打进卡里了。”什么叫作尊贵，苏小鱼对这句话琢磨了半天，终于明白了几分。

“大城市橱窗里的衣服我还看不上呢，这小地方哪里有值得我抬眼看的东西！”什么叫作大气，苏小鱼听到这句话时恍然大悟了。

父亲出院以后，和亲戚们说起住院和做手术花了多少钱，对小蝶颇有好感：“要不是小蝶能挣钱，我现在还能不能坐在这儿说话、晒暖儿，都难说啊。”

苏小鱼默默听着，心里不是滋味。

她想起，从前掏心掏肺爱一个男人，反而落得人不人鬼不鬼的苏小蝶，和现在虚情假意与男人们周旋、无往不胜的苏小蝶，笑也不是，哭也不是，觉得人生真是富有戏剧性。

想必，苏小蝶是满意于自己的华丽转身吧。想一想，其实也无可指摘，不过是一个寻常无助的女子，不过是浮沉在虚名薄利中的一辈子。在这物质和功利的社会，没有精神的觉悟和灵魂的觉醒，就不会有丧失自尊的煎熬，更不会有捍卫自尊的抉择，只需享受物质带来的舒适就好。

像自己一样，洞悉了人世的浮华和生命的终极意义，一路务虚，清醒和感伤着，难道就算得上好吗？不，不，人各有志，横竖都是几十年光景，能够快乐、踏实、内心平衡就好。

夏天的午后，苏小鱼到住处附近的小公园里去闲转。这里老人和小孩子居多，有精力过盛的年轻人在草地上翻车轱轮，做俯卧撑，也有躺在花池四边那光洁的石台上睡觉的，还有坐着看人烟、也为人所看的。

一个远离了人群独坐着的大男孩引起了她的注意。那是标准的斯文形象：戴眼镜，清瘦，坐着抽烟。他面前放着装得鼓鼓的拉杆式大行李箱，一旁的地上有一本书。苏小鱼看到了书名：《老子庄子》。

说不出心里是温暖还是哀凉。这样的情境，苏小鱼有很多年都没有见过了。听惯的，是读书无用论，看惯的，是精神在事功面前的仓皇落败。而眼前的这个青涩男孩，是要出发还是退却呢？看得见的，是书跌落在地上，是拔剑四顾心茫然。

苏小鱼在花池的台上坐了很久，觉得那男孩仿佛是另一个自己。——面对滚滚商业大潮，困惑与茫然里，不知该往哪里去。纵身而入，还是固守精神家园？

直到她离去，那男孩依然在独自踟蹰。

眼前，是茫茫人海，苏小鱼想，就做一条在水流清浅处游水的小鱼吧。肯定会有心理失衡的时候，但是，还是能够坚持自己心灵的方向，记得来路的。

最好不相见

最好不相见，便可不相恋。最好不相知，便可不相思。最好不相伴，便可不相欠。最好不相惜，便可不相忆。

——仓央嘉措

冬日的大学校园，随处可见，那些大男孩和女孩们手牵手地走在草木萧疏的小径上、林子里，或是一圈一圈地在操场上散步的样子，给这书卷气息浓厚的地方抹上了一层别样的温情和旖旎。

每每，我的目光掠过这些青春飞扬的身影，会忽然地就感到内心一阵触痛。多年以前，我和方达明也是这样，十指相扣地一直一直走，在爱情的澎湃激荡里，憧憬着明天和永远。可是现在，我已远远地离开，而那些刻骨铭心的往事，亦宛若被强力撕碎的纸屑，疼痛战栗，终于没入时光的深海。

那时，我是一家有名的对外贸易公司的高级翻译。刚刚大学毕业的我，青春美丽，且有着优裕的家境。公司里几乎所有未婚的男同事都向我殷勤示好，可是，我的芳心，早已暗许方达明。

我们是大学校友。那时候，我以我的美丽多才蜚声全校，而方达明，则以他俊朗的风姿和绝佳的文采令所有的女生倾倒。我们常常牵手在校园里边走边谈，那些羡慕或嫉妒的目光便一路相随。绝致的精雅只有和粗粝的野性相合，才能激荡起生命的另一种昂扬来，而我和方达明，便是用青春和激情演绎了这一曲绝唱。

父母早就为我物色了不少门当户对的人选，他们要倾尽心力打造宝贝女儿未来的幸福生活。可是，方达明是我心爱的男子，我放肆着自己的任性，与家庭做着不屈不挠的斗争。终于，在我带方达明见了父母之后，他们默许了我们的恋情。实在，达明是太优秀的男子。毕业的时候，看那么多曾经手相牵心相印的男女，在现实面前不得不劳燕分飞，而我和达明相视一笑，为我们好不容易争得的爱情的权利，也为明天可以从容相守而心醉。

父母动用了关系，我也凭着优秀的内在和外表，顺利进入本市一家有名的对外贸易公司，成为高级翻译。而方达明则被分配到百里之外的县城，在一家银行任职。高薪水加上父母的资助，我很快在众人羡慕的目光里，在市区最繁华的路段买下一套房子，我要以尽可能快的速度打造我和达明的爱巢，距离不是问题，一切外在的阻隔都难不倒我们，只因为相爱，排除万难，我们都要在一起。

就在我们忙着准备结婚的时候，达明单位的领导忽然找到了我。他说，希望我配合做一下达明的工作，银行有一笔不小的款项被挪用，而达明有最大嫌疑。如果真的是达明所为，只要及时补上，银行可以不追究。

我的心忽地一沉。我爱的达明，他真的做了这样的事吗？我知道，他自小家境贫寒，可是，他一直品学兼优，沉默里，自有一种傲岸之气。我切切地问他，也小心地怕触痛他的自尊。我说："达明，如果真的是你做的，也没有关系。我家里还能拿得出，我们补上就没事了。"可是，达明坚定地说，他没有做。我便信了，也放心了。我爱他，他说什么，我都会相信。我相信他的人格，相信他一切的一切。

可是很快，我就被惊天哀痛打倒了。银行对此事立了案，警方介入调查的结果，证实确实是达明挪用了那笔巨款。至此，事情已没有了缓和的余地，达明被逮捕，判刑十年。

沉浸在爱情和婚姻美梦中的我，一下子被突如其来的严酷现实打懵了。我追问过达明的，一遍又一遍小心地追问，在事情还有缓和余地的时候，在犯了错还可以改的时候……

事实摆在面前，我却无法相信，也无法接受。我去找他们单位的领导，人家说，那笔钱确实是达明做的手脚，只是他还分文未用，就藏在他住所前的小灌木丛里，用塑料袋子裹着。末了叹息一声说："初出茅庐的小伙子，可惜了。"

我的泪落下来。我以为最美好的爱情，我以为最完美的爱人，就这样在现实面前，以如此丑陋的方式，刺眼刺心地呈现。我相信，达明一定是出于什么特殊的原因，可是，他不愿意告诉我。无论是什么原因，却是以钱的方式，如此简单直接地结束了达明的青春和前途，也给沉浸在美梦中的我兜头一盆冷水。

我去看达明，他沉默，只说："林佳，不要等我，找个比我好的男人。"我的泪汹涌而下。相恋多年，我想的是一生一世，我望的是地老天荒。我敬他爱他。眼前的这个男子，即便穿着囚服，也依然有着叫我为之心动的特质。可是，上天却开着如此残忍的玩笑，我甚至，都悄悄去试过了婚纱……

那些昏天黑地的日子是怎样过来的，我已不能记起。我要等他，等他十年以后出狱的日子，纵然青春已逝，沧桑换了红颜，我还是要做达明小小的妻。我们要努力赚很多很多的钱，让父母子女亲朋都衣食无忧，让爱情始终有滋养它的土壤，让有情人的眼睛柔波流转，不会被金钱所烫伤。

一年，又一年，我坚持着对达明的等待。可是，日渐年老的父母对我未来生活的深重担忧，使我无言为自己开脱；无数男子的追求，亦使我像欲静而不得止的风中之树。未曾痛哭过长夜的人，不足以语人生。四年的长夜沾湿，我从一个阳光开朗的女子，变得沉默和忧郁。

达明入狱的第四年，我结婚了。他叫许阳，是一个大学讲师，和达明一样年轻俊朗，不同的是，达明用他的一时意气亲手毁了我对爱情的美好期望，而许阳，就像他的名字一样，给长久处于精神暗夜中的我，带来了许多温暖的阳光。我渐渐又有了欢笑的表情，有了对生活对明天会美好和长久的信仰。

十年之后，达明出狱了。我想，他一定会理解我的所为，也一定会再遇到心仪的女子。可是，我辗转听说，他无法接受这样的现实。自己无法得到的，他宁可毁掉。

他变了。这个我曾经倾心相恋的男人，在重见天日之后，变得自暴自弃了。我叹了口气，不顾众人的反对和担忧，决然地找到那个达明派来要取我性命的杀手。

我平静地讲述了与达明的相识相恋和离分，那些至死难忘的美好过往，那些我不能原谅的刺眼刺心的痛。在达明入狱的日子里，我曾经痛苦过，疯狂过，可是此刻，我述说得如此平静，就连泪水，也是静静地流淌。

那个男人没有动我。他挥手让我走，说这件事他不会再插手。

回去的路上，我怎么都控制不了自己的情绪，一次又一次地泪眼迷离。前世，今生，我将自己卡死在感情的小道上，一步一摇，无尽疼痛……

达明出狱的第二年，我的丈夫许阳被北京一所知名大学聘为教授，我也带了女儿随他一同北上，并做了一名普通的英语老师。

一切意难平的身后事，在人走茶凉里，渐渐平息。

闲暇的时候，我和许阳会带着女儿在校园的大操场上转悠，看着那些意气风发的男孩和女孩们，我依然会有一刹那的感伤，可是，岁月悠悠，来不及慨叹，转眼，便是又一个春秋。

最好的成全

他和她是经人介绍才认识的，缘分有些生硬，却还是上演了一场悲欢。

那年，她 21，他 28。

28 岁的他，已经有了七年的工作经历，对这个社会有了不少了解，所以，说话做事都中规中矩，显得老成持重。而刚从大学校园里走出来的她，俨然还是一个不谙世事的青涩女孩，清亮的眼眸，有着叫人一眼就看到底的干净。

相过无数亲，见过无数女子的他，后来说，见到她的时候，忽然找到了感觉。她微笑着侧了头问他是什么感觉，他笑而不答。不说她也知道，那第一眼的感觉，还不是来自于她娇美文静的外表。

大学里，她的追求者并不少，可是，她也似乎总是找不到感觉。那时候，她不喜欢和她一样青涩的毛头小子。是否，他的相对成熟，正暗合了她的某些想象？

纵然那相识有些不够自然，却不妨碍两个彼此不讨厌的人，日久生情。

常常，他会骑了单车带她看一场电影，或是到新开业的饭馆吃一顿饭。看她言语间流露的青涩和稚嫩，他会打趣地说，真是楼啊，这楼还不是一般地高呢。

她便想要自己极快地成熟，变成他喜欢的样子。

去吃饭的路上，他常会问她，想吃什么饭。她总是茫然的样子，说，什么都行。他便感觉到她的缺乏主见，于是，以后便不再征求她的意见。而她，跟着他吃很简单的饭菜，因为是和他在一起吃的，那饭菜里也便有了无限欢喜。

夏日的傍晚，杨柳依依的河边是不错的去处，他也会带她去喝啤酒，吃羊肉串。她连啤酒也不敢喝，喝了立时便头晕身软。他想让她去要一罐健力宝，因为觉得她甚至连一句话都不敢说，在生人面前竟还有着孩子一般的胆怯。他为她担忧，想锻炼她。可是，在她眼里，他就像一棵可以放心依靠的大树，她什么都不用操心。

后来，还是他去要了一罐健力宝给她，回来重新坐下。他脸色有些不好。她听见他叹息着说，我的天哪。

一起出去的花销，当然是他出。因为她还在找工作，还没有稳定的收入。虽然她几乎从来不向他开口要什么，可是，她还是感觉有些不自然，好像自己于他就是一种寄生，不仅仅是物质，还有精神。

家里催促他赶紧解决婚姻问题，他却开始一点一点地疏远她了。虽然有些不舍，有些于心不忍，但是，他必须。

她感觉到，那个曾经温情无限的人儿，正一点一点地疏离她，渐行渐远。

因为太知道她对他的依赖，他选择了拖泥带水的方式，而不是手起刀落的干脆。

最后一次见面，是在常去的电影院，开着冷气。人们都静静地坐着，只有她，冻得瑟瑟发抖。她像从前那样，想把自己的手放到他手里，而他，冷冷地、也坚决地推开了她。

黑暗中，她的泪流下来。一切都不存在了，只听到自己的牙齿上下相碰的巨大声响。

相识的时候，他是28岁，分手的时候，他30。一场爱恋，就这样，以他的抽身而退告终，也在她的不舍里，疼痛和破碎。

后来，她离开了那个城市，远远地独自去打拼。只是，当她出现在异地的时候，似乎已然新生。

举目无亲，她却有了独自面对的勇敢。去应聘，去面试，去工作，去交往和生活。很多人心里都会疑惑，以她纤小之姿，何以如此坚强？

依然会恋爱和投入，只是，那第一次的失败，仿佛给她打了防疫针，此后终生免疫。——人生就像一条大道，她有自己的方向和目标，而爱情不过是路边的花朵。高兴时，她就停下来看一看，看过了就接着走自己的路。

再优秀的男子，再好的爱情，也不能使她放弃自己的尊严和独立。

再后来，父母年龄大了，她便回到家乡的城市，进了一所大学当教师。

这也是有他的那个城市。

可是，经年之后，早已脱胎换骨的她，心里已经平静无波。就像一个成熟的画师，回首自己第一次的画作，总不免会笑起来，哦，那时候原来如此粗疏稚嫩。

可是，如果没有当初的幼稚，怎么会有现在的成熟呢？

那一次，和女友一起开车去逛街买衣服，女友忽然指着一个人让她看。——窗外，不远处，他像从前一样，推了车子和几个男人边走边说着什么。

她注视着他，这个脸上笼了沧桑的寻常男子，就是彼时曾叫她痛爱沉溺、疼痛流泪的人吗？

时光真是无比可怕，现在，就这样近距离地看着他，她心里竟然连一丝涟漪都不起了。不是没有恨过怨过，可是，一切都成过往。经历了这么多年以后，她才明白，原来，一切爱情里的相逢，都有多情岁月的施与和恩泽，就连不爱和伤害，也会演变为一种成全。

她微笑着，看他的身影慢慢消失在人海。她忽然心中涌起一阵感动，感谢时光，让我的心灵觉悟到了他的拒绝竟是最好的成全。

有一天你也会老

小时候在乡下看戏，高高搭起的戏台子上，走出一个老生，戴了长胡须，脊背佝偻，一边捋胡子一边唱：“老汉今年七十七，人活七十古来稀。人老先从头上老，白发多来黑发少……”他上上下下把人之将老的诸般情形都唱到了，惹得我们在台下哈哈大笑。

那时候，尚是懵懂孩童的我，还不知道什么是老，只是盼着长大，只是觉得这日子无限漫长，白天过去了有晚上，晚上过去了又是白天，未来遥远，浩荡无边。

身不由己地被时光的洪流推着一天天向前去，一向记性超好的我，有一天忽然发现，这老已经轻轻悄悄地来了，它可触可感呢。

那天，有事要用钱，我却怎么也找不到银行卡放哪里了。当初放的时候，心里一定想着，这个地方我怎么会忘呢。可是，现在居然一点都记不起来了，当初的笃定，在后来手忙脚乱的找寻中，竟化为满头满脑的空茫。原来，老就是这样的啊，记忆不再是明镜一样，映现和保存生命中每一个纤若秋毫的细节，在你无知无觉的时候，它已经渐渐蒙尘和模糊了。

有一天，我们真的老了，还会出了门就找不到回去的路，甚至不记得自己的家人，不认识自己最亲爱的人吗？

吃东西的时候，我也触摸到了老的根须。先前听人说，不吃瘦肉，以免塞牙。当时总是会笑，心想，那塞牙是怎么回事呢？我的牙好着呢，我还是大吃大喝，享受着尖牙利齿带来的生之欢悦。可是有一天，忽然感觉这牙怎么不对劲呢，吃了东西总是打折扣，什么时候，它学会了顺手牵羊。我吃的蔬菜，它要藏一丝纤维，我吃的肉，它也要留一绺。这样的私藏使我不舒服呢，用手一掏，我于是知道了什么是吃肉塞牙，连吃菜也塞牙了。

有一天，我真的老了，这满口尖利的牙齿会一颗颗掉光，只剩下温软的牙床了吗？就像刚出生时一样。可是，那没长牙的婴儿，笑起来像天使一样美好呢。我们从天使这一路走来，已经满身俗世的疮痍，可还能找到回去的路？

秋天的时候，我常去的小公园里，一树一树的银杏举着金黄的小扇子，引来无数爱美的目光。孩子们弯了腰在树下捡拾银杏叶，更小的干脆趴地上了，有的说像蝴蝶，有的说像鸭子的脚掌，还有的说，不对，应该是像大象的耳朵；戴了老花镜的老年人，神态安详地沿着树下的鹅卵石小径，一圈一圈地慢慢画着圆；也有年轻的情侣，立在树下照相。这一树的金黄，就是他们此一时刻缤纷情怀的见证和表征。

天冷了，当穿着厚厚的棉衣再来看这些银杏时，我惊讶地发现，它们已经全都落光了叶子，只剩下枝枝杈杈在天空里伸展着。那些金黄的叶片也被环卫工人清扫走了，干净得宛如一场幻梦。

我不禁惘然了。

原来什么都是会老的呀，我还以为，这美好的景象会一直等着我呢，等我来重温一个绮丽的梦，等我重拾那些欢喜的心情。可是，就连银杏树们也都等不及了。原来，谁都不会也不能站在原地等待，因为，生命都站在时光的流里。

那些曾在这里玩耍争论的孩子们呢？一转眼，已长成少男少女。那些曾在这里散步和健身的老人们呢？一转眼，生命就四散而去。那些曾在这里留下爱情印记的情侣呢？一转眼，是决定携手一生，还是放开拥抱各奔一方？

冷冷气息中，只有我兀自立着，踯躅在记忆和当下的边缘。原来一切都会有老的时候，都会有黯然收鞘、寥落淡褪的时候。

从为赋新词强说愁、忧愁日子过得太慢，到叹息天凉好个秋、感觉光阴飞转如电抹，人就这样切切地品味到了老的感觉。——那是夏天里美女腿上的透明丝袜，不知怎么就抽了丝，于是一发不可收，像一条小蛇，蜿蜒而上，于是一只袜子就毁坏了，于是一场生就破败了。

在生命的日夜不息流转里，在有一天谁都会老的威胁里，沐浴着冬天暖暖的阳光，我想要从此珍重地看看这人世。熙来攘往里，红尘永远都这样淆乱而又生机勃勃。铁打的营盘流水的兵，我们不过是来这人世匆匆服役一场的小兵，锻炼，成长，复原。谁是那一双无形的手，接来一批，又送走一批？

有卖烤甘蔗的，招呼得热情，于是随手买一节吃。那妇人问我要根部还是中间，我选了要甘蔗根部，可是，又怕不好咬。妇人说，没关系，皮刮掉就好了。看那妇人拿了刮甘蔗的刀几下就削掉了外皮，冒出袅袅腾腾的热气。她用羡慕的语气夸我身材保持得好，我说："等我长到像你这样的年纪，还不定能不能比得上你呢。"她说："我都四五十了，老了！"于是两个女人都笑了。

站在这纷纷扰扰的人世，咬一口甘蔗，便有又甜又暖的汁水流出来了。有一天我们都会老，可是，岁月已然随行给了我们与生命相得益彰的馈赠，失掉一些，增添一些，就像这甘蔗一样，越是到了根部，会越发蕴藉丰厚的甜蜜。

真真切切地感觉到了时日的匆遽，我感觉生命好似脱胎换骨了一般。闲话少了，走路快了，先前蒙着眼的污垢也除去了，于是，便可以朝着心灵的方向一路去求索。

还好，花未全开月未圆，一切还有圆满的余地。

走不远的记忆

朋友送我一小袋柿子，说是从农村老家自己的树上摘了带回来的。我听了，不由得心头一热，那些与柿子有关的时光纷纷回转。

老家地方大，几间青砖瓦房外，是方形的院墙，墙外，有一个大树林，林子四周又种了密密实实的陈刺，像一道绿色的围墙。

人在田地里劳作，也在院子里活动。院子里种有花草果木，也养了一群鸡，还有猪、狗和牛。父亲说，果树都是祖母种的。在我的记忆里，祖母的音容是一片空白。人去了，她手植的树木却一年年蓬勃葱茏，后辈们看在眼里，拿在手里，吃在嘴里，也记挂在心里。

院子里有两棵柿子树、一棵枣树和一棵石榴树。年少时不记得柿子树是何时开花的，只知道捡落下的一朵朵白花，像一个个小灯笼。秋来的时候，一天天看着绿叶掩映间，那一个个圆圆的柿子渐渐由青变黄，引来一群群鸟雀在枝头欢叫、啄食，便知道已经长熟了，于是，在长竹竿上做了套子，一枚枚套下来。吃一口，又甜又软。院墙外的一棵是果实形如馒头的，老家人叫它“蒸馍柿子”。累垂的果实有些青涩，母亲总是将它们摘下，用一个大罐子盛了，兑了冷热水，密封了口，过几天就可以吃了，那是吃起来脆甜爽口的一种。

石榴树六月里开出火红的花，秋来便有大个的石榴在枝头咧了嘴笑。有一年不知怎么就死了，只剩下干枯的枝丫。

我对枣树印象最深刻。那是一棵高大的枣树，树下有一个大石磙。从枣花开一直观望到枣儿红熟，几个月的光阴就这样在盼望中过去了。望着望着，那满树的枣儿终于红熟了，我们常常经由石磙爬上枣树，每人选一个粗壮的枝儿，坐在树杈上，一边唱着歌说着话，一边专拣个儿大的枣吃，或者一人抱一个枝丫使劲摇，于是，满地便又是枣儿们蹦跳的样子了。母亲在树下拿了筐子含笑追逐着那一个个枣儿，就像追逐她的这些调皮的孩子们，一边也不时放嘴里一颗，仰脸对我们说："今年的枣越发甜了！"

有时候下暴雨，枣树在风雨中拼命摇动身子，青的红的枣儿就纷纷落下来，在院子里的水流中蹦跳。成熟的枣吃起来酸甜，青涩的枣就没什么味道了。

院子里斜对着堂屋门种了许多花，春天撒下花籽儿，每天放学了小心地给它们浇水，看它们破土而出，一点点舒卷出新叶，最后含苞绽蕊，那是一个叫人多么欢喜的过程啊。

院子外边的林子里树木蓊郁，春天的浅绿是轻烟，夏天的浓绿是翡翠，秋天的黄绿是醉人的金色晕染。冬天，叶子都落了，枝丫伸展的样子，宛如一双双等待的手，想要接住轻轻飞落的雪花。

最难忘，每年秋天，树上的叶子渐渐变黄，随风飘落。心形的杨树叶子，长圆形的洋槐树叶子，还有楝树椿树榆树柳树的叶子，都纷纷离开枝头，静静地铺满了林子，金黄金黄的。早晨起来，或是下午放了学，我们常常拿了笤帚哗哗啦啦地扫树叶子，用筐子装，用袋子运。灶火里，母亲正在生火做饭，这些树叶子就是上好的燃料。

袅袅炊烟里，母亲倚在门口唤我们回去吃饭了。灯影昏黄里，一家人围着锅台吃着谈笑着，朴素的饭菜总是散发着诱人的香味。大锅里通常蒸馍，箅子下带了一锅小红薯，那经了霜的红薯蒸熟之后，又甜又软，简直就是一包糖呢。我们几个小人头常常围着锅台挑拣自己中意的，那小红薯总是带了长长的茎须，俨然一个个小老鼠。

离了老家之后，我竟再也吃不到那样甜软美味的红薯了。烤的也好，蒸的也罢，虽是看着颜色诱人，吃起来终是寡淡无味了。

经年之后，我已不能识得回乡的路。可是，一次次的梦里，我总还是那个有着淳朴笑容的女孩，安静地走在田野里，走在通往学校的小路上。

流光容易把人抛。渐行渐远里，年少时那一段懵懂淳朴的时光，宛若一条溪流的源头，清澈莹润，照见了人心里的柔软。越是年长，越是飘来走去，依依生出万千流连的根须。

荒谬的梦

多年以后，左小寒还是清楚地记得那个荒谬的梦。

是高考前夕，正处于身心紧张的冲刺阶段。晚饭后的班会上，班主任老师宣布了那年高考的奖励与照顾政策，其中有一条是关于"三好学生"的加分。左小寒心里忽然一动——也许自己能占上这一条呢。

左小寒一直是成绩优秀的学生，而学校里所谓的"三好"，往往简化成了学习好这一条，而这，也是家境贫寒的左小寒唯一值得骄傲的地方。她一直是阶段的前三名。有时候是第一，有时第二，这一次，因为考数学时一个小小的疏忽，她排了第三，而之前一直徘徊在十名左右的刘琳琳，这一次忽然异军突起，跃到了第四名。

可是，那又有什么关系呢？文件上说，加分只有三个名额。分，分，学生的命根，更何况，是竞争激烈的高考，一分之差，就可能与理想中的大学失之交臂，人生和命运从此改变——这次可是加十分啊。

左小寒感觉有一丝丝的兴奋在心里飞扬，但是，看起来她还是不动声色的样子。于一个勤奋好学的人来说，因为在这过程中付出了太多艰辛的努力，荣誉当头，反而会无比沉静了，仿佛，那只是意料之中、早晚要来的事。而成绩只代表过去，一瞬间的小小欢喜之后，接下来是似乎无止境的坚持和努力。

晚上一例是熬到十点半，拖着疲惫的身子回到宿舍，左小寒只想简单洗漱一下赶快睡觉。可是，你管不了那些不把学习不当一回事的女生们的叽叽喳喳。她们慢悠悠地刷牙、洗脸，有的还要再加一餐，泡一碗方便面，哧哧溜溜挑着吃上十几分钟。有时候，左小寒恍恍惚惚地做着梦，似乎梦里也充斥着那哧溜声了。

这一次，在这喧嚷声里，她虽是合了眼，却一时无法睡去。明天就要公布享受加分的学生名单了，一切未知的事情，总是给人带来几分希望和忐忑，谁知道会是怎样的结果呢？

而宿舍里那些女孩子的议论，也更加令她心神难宁。

有的说："肯定有咱们小寒，通常不都是阶段前三名嘛。"有的说："那可不一定。就拿咱班的班长来说吧，本来大家都看好王鹏的，结果还不是张旭当上了？谁不知道，张旭给班主任送了一筐子鸡蛋！"

于是，女孩子们便又骂起了张旭的世故和可恶。

左小寒忽然想起了一个人。不是班长张旭，是教她们语文的高老师。

左小寒因为语文成绩好，作文写得好，深得高老师青睐。以至于班里有些牵涉到高老师的事，大家都会找左小寒，让她出面，还打趣地说："小寒，你是咱语文老师跟前的红人嘛。"

想起高老师，左小寒心里便涌起莫名的温暖，那是一个宛若慈父的可亲可敬形象啊。可是，她辗转听说，高老师是怎样的爱巴结人，他的阶段段长职务，就是巴结校长才当上的。有一次，她就亲眼看见，高老师正拎了一兜子红薯，往校长家里送。

那一刻，一个一直仰慕着他的女孩，在思无邪和清如水的心里，忽然就荡起了反感和厌恶的涟漪。

从前她们从宿舍到教室去，经常要抄高老师家门前的小道，每每逢了他们一家人在门口吃饭，少不了要互相打声招呼。后来，左小寒渐渐避开那条小道，默默地绕了远。

而那晚，宿舍的女孩子们是吵嚷到几点才睡的，左小寒就不知道了。她昏昏沉沉地滑入了梦乡。

她梦到，公布加分名单了，她的名字排在了第一个。

早晨醒来的时候，她觉得这一觉睡得真好，似乎浑身的每一个细胞都浮漾着欢悦。

匆匆梳洗一番，快步来到教室，班主任老师已经在讲台上坐着了。看学生到齐了，他清了一下嗓子说："加分名单今天就得报上去，现在公布一下——"

左小寒的心剧烈地跳了起来。

很快念完了。第一个不是，第二个不是，第三个竟也不是她。

却是刘琳琳。

班主任念完之后离开了教室，并没有任何解释。

——现实有多不容情，美梦就有多荒谬。

班里在静默了一阵之后，嗡嗡的读书声渐起。左小寒愣了一会儿，也翻开了书。

可是，那一早上她没有记住任何东西。

下课了，她也随着人流离开教室，去餐厅吃饭。高音喇叭正放着刘若英的那首歌：“天空越蔚蓝，就越怕抬头看，电影越圆满，就越觉得伤感……”

她忽然就明白了，这似乎矛盾着的歌词里的深意。

因为大家都在议论，说真看不出来啊，一向低调的刘琳琳，居然是商业局长的千金。

不加分就不加呗，反正就那十分，大多数同学不都没有加吗？左小寒想，凭自己的实力，高考时再提个十分二十分应该没问题！

在坚持和努力里，她常常会想起一句话：当你对自己的现状不满意时，不要怨天尤人，你所能做的，是建设好自己。

偶尔，左小寒还会想起那个荒谬的梦，只是，天空蔚蓝的时候，她仍然会情不自禁地抬头，看蓝天白云舒卷出多么美丽的情致，就连乌云，其实也是镶着金边的呢。

一场梦幻（外一篇）

一

桌子上的花瓶里，一朵花现出颓败的模样，它要凋零了。

我还记得，刚看到时，它那娇艳美好的模样，也还记得，当时心里的欢喜浮漾在脸上，自己笑意盈盈的模样。可是现在，我变了，还是它变了？那美好的画影，竟不知哪里去了。

那时候，它是多么美好啊，青枝绿叶，色泽浓艳，花瓣上的金粉一闪一闪的。要不是用手摸着它有血有肉的质地，我还真有些不敢相信这是一朵真真实实的花。它太完美了，以至于，叫人疑心是假的，就像那假到极致的东西，也是有着酷似真切的魅惑。

端详着如此美艳的花朵，你不由得想俯身亲近它，闻一闻它的香味，可是，它不香，一点点儿香味都没有，你不能指望它色美了还有暗香浮动的韵致。我摸摸它的花瓣，那是一枚枚紧紧裹卷着的，瓷实紧致，有如少女饱满的脸颊。

小心珍重地给它换水，希望它能多些光艳美丽的时日，因为知道，它是早晚要凋零的。只是，没想到，这萎落的迹象会这样早地就显现出来了。也许是天冷的缘故，这花朵始终没有绽放开来，一直都是低着头裹卷着，却渐渐松动，就像上了年纪的女人肌肉松弛的脸，掩饰不住老相和寥落。

我一日日看着，心里总会浮漾起叹息来，潮水一样，一波又一波地荡开去。不知是因为忙，还是心意阑珊，竟然渐渐忘了给它换水。

又过了几日，这花朵越发松动了，花瓣的边缘也显出焦黑的样子。轻轻一碰，一枚花瓣掉下来了，无声无息，就像心性敏感的女子，你无心的一句话，却伤了她的心，眼泪扑簌簌地下来了。我看着，真不知该叹还是该怜了，只是觉得时光流逝得太匆遽，怎么花儿转眼就老了谢了呢？

人无千日好，花无百日红。纵然，此刻它将萎谢，可是，先时它那鲜活美好的面影却一直在我心里呢。我知道，我不应该有任何的厌弃，可是，我却又像着了魔一般，看到它那颓废的模样，就不由得意兴阑珊了。

我还是那颗心，而它老了吗？还是，它还是先前的那一朵，变了的是我的心？或者，在时间的流里，我们都对自己无能为力？——我才想起，我已有很多天，没有再珍重地端详过它了。

这花儿一定怨我薄情寡义了，是否，它也在默默地怨自己，以色事人，终会色衰而爱弛？

一转脸，我看到桌子上又多了一枚萎落的花瓣。那微微的心形，是否是她的一声叹息？

而我，先前的欣喜是发自内心，后来的渐渐冷淡也是情不由己。面对一朵花，我不能也不想苛求自己。

花的际遇如此，人世也是如此的渐变无常吧。有时候，看着这一朵花，我会有一种幻觉，仿佛那是一个个心意幽微的女子，从一路灿烂里走来，一直走到了萧瑟暗凉的迟暮。

人生如梦，而这花儿演绎的，是否就是人世的一场幻梦？

桌子上的花瓣越来越多了，渐渐地，剩下了空枝上挑着的嫩黄花蕊。那态势，似是一种寂寞的诉说。我轻轻拈起花瓣，一枚枚夹在喜欢的书页里。很久以后，偶尔再翻开书的时候，或许还会想起，哦，那曾像花儿一般的幻梦，原来是真的有过。

二

从小，叶子就不是一个恋家的女孩。

姐姐因为长相漂亮而讨父母喜欢，弟弟因为男孩的性别而受长辈娇宠，叶子这夹在中间的现世包，处处显得多余。

受的呵斥多了，叶子不知不觉就成了一个濒临自闭的孩子，常常呆呆地对了墙坐着，一言不发，迷离飘忽的眼神，离这人群和人世那么远，似乎随时都会陷入无边的冥想，似乎这世间无限荒凉，凋零得只有她一人。

拿什么讨得父母的一些和缓态度呢？叶子不明白，一样的生命，为何自己在他们心里眼里竟一无是处。那就老老实实学习吧，因为，母亲在看到她拿回来的奖状时，脸上曾现出过一丝欢喜的神情，那是姐姐和弟弟做不来的事。

心意沉沉的童年和少年，叶子只是默然无声地喜欢着看书，而文字亦宛如一个绝佳出口，无心插柳地为她打开了一个宣泄情绪的渠道，不经意间，已是绿柳成荫。

似是水满自溢，当叶子开始用青涩的笔触尝试着写一些短篇小说时，母亲的一声呵斥，“写的什么乱七八糟东西呀！”竟至腰斩了那细弱想象力的萌芽，仿佛是刚刚钻出脑袋的小草花，被拔了扔在毒日头下曝晒，轻易就萎蔫了。

很多年之后，叶子回想，都无限憾恨自己缺乏坚持。如果不曾受到拦阻，或仅是听到一句肯定的话，她也许就让这细小的嫩芽茁壮长成参天大树了，可是，又怎么能怪母亲呢？一个人真正喜欢的东西，谁又能彻底摧折？

而叶子和母亲之间的冲突，又何止这一桩一件。成年以后，已经知道自己要什么的叶子，个性卓然，表露于着装上，也是特立独行。而母亲每次一看到叶子那极具个性的装扮，都会毫不掩饰地表达自己的强烈反感。

其实叶子是知道的，母亲只是不想让她与众不同。大众化是安全的、稳妥的，哪怕泯然众人，哪怕流于平庸，而坚持自我，无疑是一种蔑视流俗的不和谐。那需要太多的勇气和魄力，那样的生存也注定会有更多磨难。

可是，一个人，他奈何得了自己骨子里和血液里奔突的东西吗？如果不那样，叶子还能是叶子吗？此生已然注定是奇花异草，又如何能昂然如一株月季或牡丹？

还好，这人世天宽地阔，还可以在母亲目力不及的地方，自由行走。

因为陌生，人反而可以获得一种大气而又无情的宽容。纵然寒冷，还是可以从容地保有自我，就像一尾鱼，寒凉无温的水域，未尝不是一种大自在，温暖了，灼热了，反是无路可逃的死路。

有一天，叶子因为工作上的事，顾不上接送孩子，让母亲来家里帮忙照看。忙完了事务，终于可以放松一下，叶子在给阳台上的花草浇水时，蓦然发现地上横着好些吊兰的茎叶，那些绿萝一般垂挂在花盘边缘的叶芽，那些茎上将开未开的清雅小花，竟然都被剪掉了！

叶子一阵心疼和懊恼。母亲性喜干净利落，大概看了吊兰这累累垂垂的烦琐样子，就觉得心烦心慌吧，可是，手起刀落间，吊兰疏朗是疏朗了，没了那伸展出来的细茎，却连花儿也开不成了。

最严重的后果是，叶子的欢喜也没了。——她喜欢的，就是这新叶簇簇的诗意啊！

母亲应该是爱自己的，可是，这爱的初衷与结果，却如此天差地别。

再送孩子去幼儿园的时候，叶子听到学校的喇叭里正放着那首好听的儿歌，那奶声奶气的声音翻来覆去地强调着：爱我你就抱抱我，爱我你就亲亲我……

叶子忽然就湿了眼眶——母亲啊，你如何才能知道，如果爱我，就让我成为自己，就让我按照自己的方式来成长和生活！

继续爬行

每年的寒暑两个假期，终于盼来的时候，那一种欢欣鼓舞，好似终于走过了万里长征。而结束的时候，虽也会感叹，还没玩过瘾呢，怎么又开学了！可还是高兴地去了，其实，也早有一些歇够了的不耐烦呢。

年岁渐长，听到校园歌曲《童年》时，也还是会被其中的歌词感染："盼望着下课，盼望着放学，盼望着快乐的童年。"我听着，忽然悄悄笑了——为人师表，不敢说，不能说呀，说了就是带头厌学，应该诲人不倦才是。可是，我也真的盼望着下课和放学，盼望着一个又一个长长的假期呀。

从教和学的漫漫无际纠结里摆脱出来，回归家庭，走向社会，我不再是老师，不要再拿那些条条框框来约束我，且让我自由地呼吸和放松。我也有不会的地方和时候，我不知道的东西甚至比一般人还要多。那些"老师还能不会吗"的看法，早已累坏了我。长期深锁校园，我知道，在社会大学的考试里，我只是一个不及格的学生。所以，卖菜的老农是我老师，拉三轮的妇人是我老师，吹糖人的老汉也是我老师，这满街闹哄哄的人群、这纷纭的世相百态，都是我的老师。

我以最谦卑的姿态走进社会生活，唯愿做一个受人陶冶性灵、提升境界的好学生。可是，我竟卸不下这老师的背负呢，即使是去到千里之外，全然陌生的环境，混在人流里，看服装，逛精品店，也会有眼光精到的老板，用普通话温和地问："你是做老师的吧？"

一时竟有些窘迫，仿佛自己一直小心包藏的东西，居然被人一眼看穿，莫名地慌乱。不由得叹息，看来，这老师的"马甲"还不是想换就能换掉的。——年深日久，它已经润物细无声地演化为一种气质，浸淫到生命和灵魂里了。仿佛人剑合一的武林中人，即使手中无剑，也还是掩不住那举手投足间自然流露的凛然之气。

想来，世间万事，纠结只是因为自己放不下，遂做自我解放。放假了呀，就不再起早贪黑地辛劳，不看书报不接触那些文字或符号，忘记了哪一天是几月几日星期几，也不用时时顾及形象对镜贴花黄。呵呵，自由自在真是好！

于是，饮食不规律了，起居作息也是早一回晚一回。如是，中气不足的老毛病便渐渐抬头；于是，护手霜懒得抹，面膜也想不起来贴了。如果不出去，头发和脸面也不郑重其事地打理了；于是，人闲得指甲疯长起来，出去是看人烟吃美食，回来亦是天天大鱼大肉，能量消耗是出不抵入，自己都感觉脸盘子大了一圈儿，一磅，果然胖了几斤。

看来，这忙碌人一旦闲下来，还真有些吃不消。望着镜中自己蓬头垢面的样子，忽然便怀念起那些忙碌日子里的好来。

因为工作和忙碌，要起得早，就不会“久卧耗气”，还可以呼吸新鲜空气。课间操时，也会随了那节奏伸伸胳膊踢踢腿，不经意间就锻炼了身体；开会呀，学习呀，读书看报，了解时政新闻，人就会时时感觉自己是与这社会联通着的，是接轨的；你去上课，那些审美意识已经觉醒的小女生们，总是先拿眼上下打量一通，然后头聚在一起窃窃私语，由不得你不注重自己的形象。

人在工作状态里，就好似上了发条的钟表，能按时按点地走，生命能规整有序，精神也跟着焕发出勃勃生机了。

见过一个没有工作经历的女人，走进她的屋子里，人会感觉局促不安，一切都凌乱无序，是脏乱差的；家务如此，人生也毫无头绪，每天都漫无目的地过，一生都像无头苍蝇一般乱撞。观其盲目之情状，我忽然又感到了这工作的好。

工作要讲究条理和效率，所以，我们会合并同类项，也懂得要想干净就得舍弃那些可有可无东西的道理，所以会营造出舒适的生活环境。

多年来总是学期开始得写计划，结束了得交总结，考试之后要写反思，真真不堪其烦，现在一反观，才觉出原来意义重大。不仅工作要有计划，需要反思，人生亦如此啊。小到眼前的每一天要做什么，怎么度过，大到要度一个怎样的人生，许自己一个怎样的梦想，如何去追求和实现，不都需要计划和反思吗？

不知不觉间，我们的生命已经被工作重塑。

在工作中，我们内强素质外树形象，养成了诸多好习惯，纵然，工作会有很多烦恼。可是，不工作了才会知道，原来一样会有很多烦恼，甚至，那烦恼会更深重呢。

小时候，母亲就告诫我们姐妹，要自强，“爹有娘有，不如怀揣自有；丈夫有，还隔层手。”现在想想，真的如此。无论男女，生存问题终究是第一大事，而工作不仅给予女人衣食的保障，同时还有更珍贵的赠予，那就是，女人有说不的底气，底气就是尊严。也许这工作的回馈在有些人眼里不值一提，可是，这微薄的经济基础，还是可以支撑起女人上层建筑的轻舞飞扬。——即使细弱如小草，也可以挺直了腰杆，在阳光雨露的滋养里，使自己蓬勃成最绿的一株。

而年年开学的时候，我难免会心有依恋地抱怨时间过得太快，还没玩够，家人便会说：“要不咱不干了，我养着你。”我看着镜子里已经懒散得不堪看的黄脸婆，笑着说：“多谢你的美意，我还是觉得工作着精神状态好。”——看人家这些大老爷们一天到晚在外面跑，在追求物质的过程中，精神提升了，眼界开阔了，咱若是总窝在家里闭目塞听，难保哪一天也会失去底气，变得疑神疑鬼起来。而工作是保持自由之精神独立之人格的绝好方式。看风云变幻，且拈花微笑，气定神闲。

在这男人依然占主导地位的社会，女人要跻身其中工作，辛苦是无疑的，但是，至少可以心不苦。

看过这样一句话：“像蚂蚁一样工作，像蝴蝶一样生活。”蚂蚁是忙碌的，而蝴蝶是飘逸的，可是，这飘逸是建立在忙碌基础上的。那么，就做一只勤恳的小蚂蚁吧，在日子里爬行，一边爬，一边生出些飘逸的狂想。

且光梳头净洗脸，去工作，准备接受批评，准备迎接挫折和疼痛，也在踏实的睡眠里做梦。——梦里，有一只丑陋的毛毛虫，艰难地爬啊爬啊。终于有一天，生命在爬行中蜕变成了美丽的蝴蝶。

情在不能醒

一

这些年来，听音乐是我正常生活秩序里必不可少的一项生命活动。也许是性格使然，入耳入心的多是那些感伤优柔的旋律，欢天喜地又唱又跳的竟一律成了聒噪。王冰洋的《飞舞》 便是飞扬疯狂的一类，每轮到这一曲，我总是习惯性地调至下一曲，对于不喜欢的东西，我竟一点耐心都不肯给。

这一次，正忙得腾不开手，《飞舞》便叮叮咚咚地唱起来了。“曾经和你去看的海，已经冰冻不再澎湃；那段时光已悄然离开，而我的心也不复存在。如果我不曾被你伤害，我就不会如此的明白，最深的痛让爱醒过来，对我来说，是最好的坏。”忽然停下了手，对这一首歌有了别样的印象。

爱情是一株毒草，它生根、蔓延、腐烂，并毒死许多以身试法的人。我们不贪心，我们只是太饥饿，所以，饮鸩止渴。

爱情亦是一杯毒酒，浓香入骨，人不由得沉醉，必得是最深的痛，才能使它醒过来。醒来，一切也便成空，归之于零。只是，这样的醒，是好是坏，已难定夺。

读清代才子纳兰容若的《饮水词》，他为亡妻所作的《忆江南·宿双林禅院有感》，凄切入骨：“心灰尽，有发未全僧。风雨消磨生死别，似曾相识只孤檠，情在不能醒。”

伊人早逝，哀思不绝；有高堂弱子，殉情不得，而自拔又如此之难。只因为，情在不能醒呵。

想那纳兰容若，康熙朝权臣纳兰明珠之子，出身显贵，才情奇高，妻娇妾美。一个男人想要的、该有的都有了，尽可以随性作愁心漫溢、恨不胜收之状。一般升斗小民，性命尚朝不保夕，为一家老小糊口奔忙，纵要沉醉，怕也是不可能的事。

情深不寿，慧极必伤。倾尽三十一年的光阴，爱情这一梦，容若也做得太久长了啊。

红尘易懂，情关难堪。众生芸芸，有多少梦里的沉溺，就有多少梦醒时的担当。生煎熬，死相随，终不枉，有情生。

二

醉与醒若与国事相连，清高自许的屈原，便注定辛苦孤独。

《离骚》《九歌》《九章》《天问》，笔端游走的，是为国为民的忧虑，心里盘桓的，是报国无门的遗恨。

想那一腔蓬勃的热情，却遭佞臣昏君的嘲弄；那皓皓白雪之躯，竟在暗沉世间蒙尘。屈原，你这以生命缔造民族忧患意识的高贵诗人，天下多的是醉生梦死的人，独你是醒着的。别人眼里的悲剧，于你，却是最大的幸福。

剑煮酒无味，饮一杯为谁？

红尘小爱，牵不住你高蹈的灵魂；热血赤子，宁为国捐躯。呵，这洁白胜雪的诗魂，你何尝不是沉醉的。你比谁都醉得深，这一杯心系家国的烈酒，你以生命为代价，醺醺地，竟是长醉不醒啊。

风萧萧兮易水寒，壮士一去兮不复还。情在不能醒，且干了这杯酒，风如刀，歌裂喉，不回头。

三

每日我细心地为门前的吊兰浇水，看它一日日长得叶青花素，总是心有欢喜。

不知，曹翁笔下的神瑛侍者，是否也是以如此小心，珍重地侍弄那一株绛珠仙草，遂修得一世奇缘。——倾尽我毕生之泪，还你以甘露之惠；人世一劫，红楼一梦，惹起多少相思泪！

再好的木石前盟，终抵不过金玉良缘冥冥天定。仙草归真，通灵复原，情迷豁悟，到头来，只是一片白茫茫大地真干净。

开辟鸿蒙，谁为情种？宝黛是，你是，我是。只不过，宝玉红尘梦醒时尚可干干净净归彼大荒，高堂弱子都可不顾，我等凡夫俗子，梦里醒里都有羁绊缠身，岂有此般洒然？

宝玉这多情公子，道是有情却无情，夙愿一了，飘然离世，徒留宝钗人等空牵念；倒是我等俗人肉眼凡胎，却自情重，亲情友情爱情，家事国事天下事，肩扛手提，心念牵缠，痛并快乐着，一路向前去。执迷不悟着，情在不能醒啊。

好一个情在不能醒！这有情众生，在喜怒哀乐中沉浮，在恩怨情仇里翻滚。这是大有情，也是人世温暖和光明的所在。

在生命的天平上

桌子上放着前几日的报纸，因为内容的空洞单调，我一直没有浏览的兴致。漫不经心地瞥一眼，几个醒目的大字揪住了我的心——

“狠心扔掉病儿，贫困夫妻受审”

从头到尾看了，是摘自《法制晚报》的一则新闻：夫妻俩为给年幼的儿子治病，花光了所有积蓄，病情仍不见轻，夫妻俩感觉已走投无路，就将孩子丢在医院门口，后返回找孩子时被抓。两人被指控遗弃罪。

图片上，一对年轻的父母，丈夫痛哭，妻子啜泣。

他说：“我和妻子商量把孩子扔了，我想，如果能遇到好心人，孩子还可能有救，我们实在养不起他了。”

她说：“我在孩子的包裹里放了衣服、奶粉和医生给开的药，并留了纸条：希望好心人可以救救我的孩子。”

孩子还不到一岁半，患严重肺炎并心功能不全，被弃后不久病亡。夫妻难舍亲情，摆地摊赚些钱后返回找儿子，当场被抓。

看着这白纸上的黑字，我久久地，不能言说什么。

想起《蜗居》上宋思明的经典台词——只要是钱能解决的事儿，就不是什么大事儿。人这一生，有很多困扰是无法解决的，比如生老病死、众叛亲离，比如钩心斗角、不再相爱，这些问题都比金钱啊房子啊要困难得多。

宋思明说得何其洒脱，那是因为他有一掷千金的能耐。正所谓，位置决定脑子。换了这夫妻俩，大概他们会说，只要是需要用钱解决的问题，就是最大的问题。比如，生老病死，房子和车子，都是非钱不能解决的困难。

这人世并不美好，众生已够苦弱，奈何，还有病痛的折磨。尤其是，眼睁睁地看着自己的孩子有病而无钱医治，这对于天下为人父母者，不啻是剜心之痛。也许，这样低级的生存现实，是宋思明们无法理解的吧。

我想，有一个人一定会理解，他就是史铁生。他活到二十岁时双腿残废，后又患上尿毒症。他在《病隙碎笔》一书中这样写道：“三年前我双肾失灵，不得不以血液透析维持生命，但透析的费用之高是很少有人能自力承担的，幸而我得到了多方支援，否则不堪设想……最坏的感觉是，人类已经发明了一种有效的疗法，只要有钱，你就能健康如初，但现在你没有钱，你就只好撕碎了亲人的心，在几个月的时间里一分一秒地撕，用你日渐衰弱的呼吸撕，用你忍不住的呻吟和盼望活下去的目光撕，最后，再用别人已经康复的事实给他们永久的折磨。谁经得住这样的折磨？是母亲还是父亲？是儿子还是女儿？是亲情还是那宏博的爱愿呢？……我有这样的经历，幸而经历到一半时得到了救援。因而我知道剩下的一半是什么。我活过来了，但是有不得不去走那另一半的人呀。那是怎样由希望和焦虑终于积累成的绝望啊！”

“走到透析室你才发现，最可怕的是什么：人类走到今天，怎么连生的平等权利都有了疑问呢？有钱和没钱，怎么竟成了生与死的界线？这是怎么了？人类出了什么事？”

史铁生无愧为中国当代最令人敬佩的作家之一。他用残缺的身体，说出了最为健全而深刻的思想。

也许，只有像他这样常常在生与死的边缘徘徊的人，耳闻目睹过生死由钱的无奈的人，才更有资格来评说这个事件吧。

我不知道，最终法院会如何判决此案，但我想，判刑不是目的，目的是在唤起人们尊重生命的意识。每个人都有生存的权利。在生命的天平上，我们的社会该建立和健全怎样的救助机制？我们这社会的每一个人，该怎样尽一份人道主义的努力？

第三辑

杏林心迹

假如流水能回头，回到那心清如水心田温软的时候，就让一颗爱好的种子自由发芽，从容长大。生命，总是带着一些宿愿而来，拼却毕生力量，只是想要那一刻的激越啊。

——《假如流水能回头》

以秋天的名义

我知道秋天的好，却不知道，秋天原是这般的美好。

人潮涌动的地方，风景再美，也注定要遭受破坏。生活在别处，是人生的悲哀，风景在远处，是否，也是无法回避的隐痛？

听说不远处的小山也是品赏秋韵的好去处，便择了一个晴好的日子走近了，想要看看那满山的秋叶是怎样绚烂着，那清爽的秋气是怎样地氤氲着。

出了人迹喧嚷的闹市，车子行进于安静的小道，路边立着叶子即将落完的树木，有三两片挑在枝头，硕大金黄，旗帜般一路招展，也一路绚烂在眼前。生如夏花之绚烂，死如秋叶之静美。大自然以神奇之手，营造了人类绝美的生存空间，夏有夏花的妩媚，秋有秋叶的情致，而我们这行走在天地间的生灵，动用了眼耳口鼻，一年年，竟有着享用不完的良辰美景呢。

行进中，不时有头上长着白毛的大鸟在路边起落，它们飞翔的姿态，是那般悠闲从容。这样的鸟儿在人多的地方也是有的，只是总要防备着人们的捕捉，那小眼睛总是机警地检视着，没有了在旷野无人处的泰然自若。鸟类如此，人是否也是这样，在逼仄的生存环境里困顿得久了，就易染上促狭之风，等到了天宽地阔里，也许便会生出些闲逸之气吧。可叹，不是所有的鸟儿都能找到空旷林深的地方。也许，在它小小的眼界里，世界就是那么大吧。真的有一天，它看到那一方小小的世界之外，原来还有如此广阔的天地，有如此适合生命飞扬的地方时，不知会做何感想？

远远地就看到山了，奈何这之间的路，看着不远，却总也走不近的样子。终于来到山根，有几间房子孤零着，旷野无人处忽然有了人迹，反而叫人心下安然。看山的老者出来，热情地招呼我们，等下了山，就在他这里吃饭。

人在山下，望一眼这山，觉得好高远，一步步走进去，人就与山融为一体了。你只觉得它无限广大，无限丰富，而一己无限小，小到你觉得自己像一个出来撒欢的孩子，小到你觉得自己就是山里的一朵花，一棵草，一只嗡嗡叫着的飞虫。

山野茫茫，衰草连天，叫人想象那置身于大草原的狂放和疏朗。正走着，忽然就窜出一只野兔，飞也似的逃走了，拨开草丛，那里有野兔的窝呢。艳艳的山花谢了，到处是野酸枣的荆棘棵子，低矮也蛮横地拨拉着。看见那枝子上红熟着一两颗酸枣，无声地招引着你，不由得伸长了手臂探身去摘，不料，脚下的小石头一滑，人便跌在荆棘丛里了，那尖刺便毫不客气地扎透衣服，划伤了手脚。好不容易挣脱出来，刚走一步便不得不站住，坐在草丛里脱掉鞋子，因为那尖刺悄悄地穿透皮革，扎进你的肉里去了。

这座山是大气而又无情的，你想要什么都可以带走，花也好，草也好，你用照相机拍了山的景致带走也好，它像一个看透了世情的老人，耷拉了眼皮，懒得理你了。这酸枣却是调皮的小姑娘呢，它们和苍耳子一样，纠纠结结地牵绊着你，跟随着你，叫你哭笑不得，末了一回味，呵，这是秋山的馈赠呢。

同行的朋友们说，你小心找寻，山里一年四季都有花儿开呢。一路走一路看，衰草和枯叶的大背景之下，果然零零星星地点缀着黄色的菊花，那红艳艳的叶片，可不是有着花一样的明媚？最妙的是在山腰的不显眼处，忽然瞥见开着紫色小灯笼的植株，细细的颈上，悬吊着一排四朵小花，那紫色笼着神秘高贵，尤其是在这山林，更有着平地上难寻的曼妙。

人上了山，一定要爬到山顶才罢休，一定要山高人为峰才圆满了心意，拽着枯草也要上，攀着石头也要上。幸好山不高，爬上去还可保持从容的样貌，在高处站了往下看，也可见云气缥缈，山下的鸡犬之声相闻。秋阳煦暖里，人在软软的衰草里躺卧，不管已经沾了一身的树叶和草叶子，山林不醉，人欲醉了。

下山时，踩着软软的衰草和林间厚厚的落叶，看阳光透过树隙筛出一地斑驳，这样的情境，你不由得想放歌，言语不足以表情达意，唯这发自肺腑的歌声在林间震荡回响，方能传达出生命在自然面前的无限欢悦。

下得山来，看山老者热情地拿出蒸好的红薯让我们品尝，经了霜打的山红薯，果然别样的好吃。山下垦出的松软田地里，老人种下的蒜苗已经齐刷刷地露出了新绿。一条黑狗跟着老人跑前跑后，彼此都不寂寞了。

回来的路上，我不由得心生纳罕，年年秋色无限好，我怎么好像刚刚发现一样呢？在自然的大美面前，我像一个贪婪的孩子，看不够，也感受不完；而美像太阳一样不可直视，我是饱受震慑的人，心怀虔敬，而诚惶诚恐了。

庄子说：“天地有大美而不言，四时有明法而不议，万物有成理而不说。”迟钝如我，宁愿多情地以为，上天无比眷顾我，为了使我明了此中真意，让美以秋天的名义抵达和撞击我的心灵。

且歌且行

我是一个心意散淡的人，平生无所好，唯喜乱翻书。看光阴弹指老，半生匆匆过，惊回首，竟无一物一事堪慰襟怀。懊恼里，想人生渺渺，此心何求？于是安静下来，也便在安静里，越发看清自己灵魂的方向——不过是浸淫在读书写字中的苦作与清欢。

从此倦了心眼，敛了浮躁之气，淆乱的生活归于简单。闲来，就读几页喜欢的书，红楼聊斋也看，安妮宝贝也看。有感，就信手写来；有电脑，就噼噼啪啪地敲打；有笔，就字如其人地挥洒，慷慨之音也发，儿女情长也抒。

生活是一个百花园，我一路分花拂柳而来，只拣那花开灼灼、触动了我心性的来采撷。采了就修枝打叉，装扮成自己喜欢的样子。我走近，这文字的花朵，暗香浮动，散发出一种理想的气息，在一刻的沉醉里，也会有些微的慰安。可是，与此同时，我又听到了生活或灵魂新的召唤，花开堪折直须折，于是继续前行，去寻觅文字带来的欣喜，去捡拾生活美好的馈赠。

有一日，文友告诉我："白河文学正式上线了，我在那里待的时间不短了，你有空也可以去看看。"

我是一个散淡的人，读书写字不过是一种灵魂的所需和自觉，平时少交游，既不师从于谁，也不参加什么团体活动，只是一人静处，任心灵天马行空。那日偏巧电脑开着，好奇之下，就依文友之言搜索了去，于是，文苑便如一片青青的芳草地展现在眼前。

于是，知道了文学社的成立和成长，知道了这些文友的其人和其文。

此后，每天都会看到有许多文字像潮水一样不断涌出来，又不断消失，仿佛太阳升起来，又落下去。我觉出了时日的匆遽，也感到了文友们的创作热情，于是随手贴上几篇小文，希望自己的生命也融入到这文字的百花园里。

在我的感觉里，这随了键盘绽放的心花，也许就是暗夜里那一朵小小的昙花，带着对精神和生命的终极追问，兀自清冷着。可是，文友们却以无比的善意和热情，给了它们宛如一朵牡丹的关注和赞誉。

看许多心灵的火花以温暖文字的方式彼此闪烁与辉映，我仿佛看到，不久的将来，文苑将会燎原成怎样繁盛的芳华天地！

看过一篇题为《读书人是幸福人》的文章，说“读书人是世间幸福人，因为他除了拥有现实的世界之外，还拥有另一个更为浩瀚也更为丰富的精神世界”。由此推想，读书并且能够下笔写字的人，未始不是一种幸福。读书多了，内里的积蕴丰厚了，自然会往写上发展，就像在一个地方不停地向下挖掘，总有一天，泉水就自然地流出来了一样。而生活是写作的源头活水，经了岁月的历练，在人心里发了酵，映出了尘世的五彩斑斓。

这样自由地读书、写字，使我常不由得想起古代文人生存环境的逼仄。读的是圣贤书，做的是八股文，考的是科举，生生把人死死限制了。即使洒脱如盛世李白，终其一生，绝世才情亦笼上仕途失意的苍凉，哪里像我辈，精神独立，思想自由，无须攀附权贵生存，亦无须都来治国平天下。我生之前，天地已在，我死之后，岁月长存，何不，穷这借来的一生，心系一处，做自己最喜欢的事。许多年之后，当时光不再，文字却留下了，那些或喜或悲的心情，那些或幼稚或成熟的思绪，都仿佛生命的轨迹，回头的一刻，在人生一场幻梦的空茫里，给人心以无限温暖沉实的慰藉。

可是，就像鱼儿游不出自己的水域一样，身为女子，我的思维竟也如此顽固地受了性别和性格的影响，流于小女人的纤弱，流于不接地气的苍白和虚空，难以豪壮和厚重。 在行走和思考中，我常会想起一个文友的话：“悲天悯人的人文情怀，关注现实的独特视角，超越自我的宽阔胸怀，这是我心中的作家水准，也是我眼中明天的你。”

——越是珍惜时间，越是感觉时光的匆遽流逝；越是开阔视野，越是深感自己的渺小鄙陋；越是前行和追求，便越发品味出这话语里的深切希望。

有深切的目光在关注和支持，有温暖的心灵在照耀和引领，于是明白，自己的摸索并不孤单，人会越走越远，境界也会越来越高。只要心中有情，眼里有泪，笔下的文字终有一天会化为清澈的泉水，滋润自己，也滋润别人的心田。

人生的路千万条，生命已然选择了与文字相互取暖，相互慰藉，竟仿佛一种夙缘，由不得你拒绝。抬头看，路曼曼其修远，那么，就倾听着心灵的召唤，在痛苦中孕育，在超越中快乐，且歌且行吧！

且行且珍重

清冷的冬日午后，温暖的阳光金子一般可贵。我漫步在人行道上，一抬头，看到了刺眼的一景。

——三个老年人在努力地“走路”。

中间是一个臃肿的老妇人，红围巾包着头，总有八十多岁了吧，双腋架着长拐，如是，还是站不稳；一左一右，分别有一男一女搀着胳膊，也都是六十岁左右的样子。我猜测，他们应是老妇人的儿子和儿媳。

显然，老妇人的腿有毛病，拐杖试探摸索半天，两个人给她指导和示范着，才颤颤地挪移了一步；这次第，若无人搀扶，她是寸步难行了。

“你不练习练习，怎么会走呢？一个正常人总是躺着坐着还不行哩。”儿子模样的人说。

人老了真是难呀！看着他们的身影，我在心里感叹。此刻，我尚年轻，腿脚灵便，想怎么跑跳就怎么跑跳——也许，这就是幸福和美好吧！而这，对于这个老妇人来说，是怎样的奢望了呀。可是，我却常常感觉烦恼。这一刻，我明白了，对于一个健康的人来说，如果不能珍重地对待自己的生活和生命，实在是罪不可恕。

不远处，停着老妇人的轮椅，上面铺着干净漂亮的小被褥。想必，儿子媳妇对她还不错。搀扶着老年人走路的两个身影，在我视线里艰难地游移。不过是来回十几米的路，他们硬是花了半个小时。

“眼看就能走了，又摔了个屁股墩子！”儿子模样的人有些无奈地叹着气。

看老妇人想要坐下了，他慌忙高声阻止说：“不行！不行！还远着呢！”

人老了，身子笨重，连轮椅也坐不上了。于是，他们又小心地挪移着，一点点靠近。大概那两个人也累得不轻吧，稍有差池，老妇人就有摔倒的可能。

我以为，这一场行路难就这样落下帷幕了。谁知，大概是老妇人没能掌控住自己臃肿的身体，下坐得有点急，没有完全合着儿子的指令节拍，一屁股就坐下了。一瞬间，她的戴着老年帽的儿子忽然就暴怒了，竟然出手“啪啪”地照她肩上打了两下！

第一下，用拳头打，第二下，用拐杖打。急速地，愤怒地，打在一个曾经轻巧灵活、而今步履维艰的老妇人身上。

那一幕，分毫不差地尽收眼底。我的心，忽然剧烈地刺痛起来。

“干吗呢，干吗呢！”他的女人阻止着他过激的行为，一边把老妇人推进院子里去。

我看见，老妇人抬起衣袖，在这寒凉的气息里，无声地擦眼泪。

我的脑海里，迅速浮泛起一个母亲耐心地教幼小的孩子学走路的情形，歪着头拍着手给他们唱“小白兔白又白，两只耳朵竖起来”的情形，孩子睡着了还看不够地端详着他们小脸的情形……

久病床前无孝子。能做到始终如一对一个人好的，只有自己的母亲吧，可是，母亲已经老了，身体已经垮掉了。

当你年轻，你会爱谁；当你年老，谁会爱你？人生苦短，众生皆可悲悯。且行，且珍重。

从你美丽的流域

读李泽厚先生的《美的历程》，忽然萌生了要到汉画馆去看一看的想法。千年之前，那高髻细腰、长袖飘拂的美丽仕女，那舞乐宴饮、耕猎出行的豪壮场景，是怎样经由这一块块石头展现出来的呢？

怀着几许好奇几许敬慕的心情，我走近了这神秘的所在。踏上门前高阙，进入气势恢宏的展厅，这裹挟着千年古风的汉画像宛如一幅幅神秘的画卷，在我面前徐徐铺展。

女娲、伏羲、飞龙、神兽；后羿射日、嫦娥奔月、牛郎织女、荆轲刺秦……这些打着中国远古文化烙印的人物和符号，这些融合了浪漫想象和儒家正统教义的神话故事，都闪烁着先民无限创造力的光辉，如此浪漫而又鲜活地破石而来，带着那个时代特有的古拙和野蛮，冲击着你的视野，挑战着你的想象。

一路走，一路看，我忍不住伸手触摸那线条遒劲、凝聚了力度和气势之美的奔牛，我忍不住赞叹那代表了汉代人奇特想象的飞动的阳乌。我不由得一再流连的，是那些宴饮歌舞的多彩场面。

你看那长身细腰、翩然欲飞的舞者，她们仪态万方，表情丰富。有的细腰柔曼，宛若游龙登云，长袖飘举，一似杨柳当风，流云出岫，叫人想起“长袖袅袅”“细腰欲折”的形容来；也有穿纹饰镶边宽口袖衣裤，梳着双髻，双手各执一条长巾的少女，上身向前，像正快步腾跃，双臂一高一低，那巾便上下飞扬，像波浪一样，真的是“香散飞巾，充流转玉”；更有热烈欢快的建鼓舞、穿梭腾跃的盘鼓舞、“项庄舞剑意在沛公”的剑舞等等，皆有鼓瑟笙箫相配，舞者歌者神情专注，姿态和谐优美，观舞赏乐者亦陶醉其中，做倾倒状。可以想见，那场面该是怎样的美妙绝伦，那气势该是怎样的豪奢壮观。

想那柔若无骨、纤细轻盈的赵飞燕，传说可在汉成帝的掌上起舞，那仙女一般曼妙的情致，该叫人如何去想象和消受啊。

想那气吞山河的开国皇帝刘邦，在酒酣兴起时，感慨万千，忍不住高歌而舞：“大风起兮云飞扬，威加海内兮归故乡，安得猛士兮守四方！”

一曲唱罢，数行泪下，百二十少年和而歌之，那群情激昂的情状，该是怎样的豪壮激越啊。大风悲歌，在英雄的载歌载舞里，与那个时代一起，成为千古绝唱。

何妨，身插羽毛，头戴面具，手之舞之足之蹈之，不分男女高下，都有载歌载舞的自由。无论是民间酒会，还是祭祀喜庆，歌舞，是汉代人对天神的敬畏，也是对人生苦乐的自然释放。纵然，那是一个等级森严的时代，生命在这一点上，还是获得了挥洒的快意和平等。

如斯欢快蓬勃的歌舞场景，几乎使我忘了，这些都是装饰在墓室里的石画像。“人生不满百，常怀千岁忧。”那些鬼神迷信、谶纬宿命都改变不了人必然要死这个不可回避的重大问题。汉代人在朦胧的困惑里，把墓室装饰得如此富有人间烟火气息，在匪夷所思里，正折射出他们对世间生活的热情和肯定，并希望这种生活能够延续和保存。

极尽奢靡厚葬的，永远是那些上层社会的享乐者，而生前卑微如草芥、死后仅仅拢土为坟的下层人，却以他们浪漫绝伦的想象力、狂放不羁的襟怀，创造了汉代艺术的千古文明。灵石不言，却以如此绚烂久远的方式，颂扬了生命和智慧的不朽传奇。

看着这些线条粗疏、风格古拙的画像，我忽然觉得，在历史的长河里，这些奇特的思维、浪漫的想象，多么像濡染着神性的单纯稚拙的孩子的信手涂鸦，而这，恰是一种大美和大巧。中华五千年的文明，就是从这美丽的流域一路起伏跌宕地延伸，闪烁出了无数绚丽的浪花。

工作着，你美丽吗

有人说，一个工作中的人，尤其是女人，她的状态是严谨的、投入的，不经意间，那美丽便流泻出来了。我想，理论上应该是这样的吧。

可是，回到真实的生活中，我不禁困惑了。事实上，工作常常与责任和压力相关，与工作成效的评定有关，有压力便会有不顺心，便会有烦恼产生，烦恼了便会抱怨和生气，如此，便与美丽相去甚远了。

尤其，当我们的工作对象与人密切相关时，一个有思想有喜怒哀乐的人，与另一个同样是揣着一颗肉团心的人相遇、相碰撞，工作中的美丽就会因人而异，甚至大打折扣了。

那次，我去派出所办户口关系，老远就听到一个年轻男人不耐烦的声气，走近，见他所负责的柜前围了一群人，都伸长了手臂，等着他在上面盖章。稍有不明白，你一发问，他就恼了，不耐烦的话冲口而出。这些人默默地接收了他的恶言恶语，大概是现在有求于人，不敢顶撞，无论如何先把自己的事办了才好。

轮到我了，看他阴沉着脸，忙赔着小心，礼貌周全，生怕那嘴里随时会“突突突”地喷出一团火焰来，无端伤了自己。还好，那脸虽是阴沉，却并未见打雷下雨。

回去和相熟的人说起这个人的工作作风，她笑着说：“依他那火爆脾气，不难为你，就算不错了！”

俗话说，人上一百，形形色色。有温文尔雅的人，也有火爆刚烈的人。我总是想不明白，对于一个工作中的人来说，他不知道工作是他应尽的职责吗？凭什么要把自己的坏脾气发泄到与自己不相干的人身上呢？谁又有义务在你的恶劣态度面前忍气吞声呢？

这大概就是素质问题吧。只是，有时，人们会不由得把猜测追溯到他身后的家庭环境，追溯到生养调教他的父母身上了。

若是一个年轻人，随便向别人发火，或许还可原谅，若她是女人，或许还可容忍。但无论是男人还是女人，在不相干的人面前动辄发火，总是有些病态，到底是心理不成熟的表现，似乎他是被骄纵宠爱坏了的孩子，以为人人都有义务默默接受他倒出来的心理垃圾，未免把别人都想得太坚强良善了。

有句话说，相由心生。再想想那男人的尊容，真是不敢恭维。因为总是暴躁的，他那一张脸也笼上了一层暴戾之气，而且，似乎被怒气扭曲了，黑干消瘦，全然没有男儿的浩然宽阔之美。

换了女人的情形，又是如何呢？

那一次在汽车站的售票窗口，一个年轻瘦高的姑娘，看起来还很秀气，但是，她一张口说话，你立时便觉得面目可憎了。站在我旁边的是一个乡下老太太，衣衫陈旧，鬓影雪乱，颤着声儿把头伸到窗口，小心地询问她要去的地方几点有车，多少钱一张票。那姑娘一斜眼，竟是满脸凶气和不耐烦，每说一句话都是尖利的，小刀子一样剜着出门在外人的心。老太太过去了，一个外地模样的年轻人过来了。他一定是受了伤了，我看见，他一脸沉郁地用普通话咕哝着走开了。

紧接着，又一拨人过来了，围在了窗口前。

我不知道，姑娘这像瘟疫一样的坏情绪，还要传染多少人。只是叹息，她不知道自己有多重要，她这个窗口不仅仅是卖票的小窗口，也是外地人感受和了解这个城市的一个大窗口啊。

我的脑海很快跳出了那句有名的话：“人不是因为美丽才可爱，而是因为可爱才美丽。”

姑娘，当你早晨起来照镜子的时候，也许你会给自己一个甜甜的笑；当你换下工作服，约会自己的男友时，也许你会给他一个温柔的笑。为什么，你不能把美丽和温柔带到工作中来呢？

去年，我家对面住着一群来自南方的搞传销的青年男女，大概是没经历过北方的严寒，穿着时尚的精短衣服，一个个冻得缩着脖子，一边走一边悻悻地说：“这个鬼地方！”后来，他们被警方遣散离开了。想来，肉身对于严寒天气的承担，总是有无限弹性的，可是，若这寒冷是来自人心，就别有一番冷冽了。——良言一句三冬暖，恶语伤人六月寒啊。

想一想，这地方寒冷天气还会遭到诅咒，姑娘，你那恶劣的工作态度，又会在人心里埋下怎样怨恨的种子，此后，当那些年轻的生命飘散到五湖四海，这城里人的形象和素质该如何补救？

前几天我的孩子感冒发烧，在医院输了三天液，所见所闻，不禁心生感慨。因为天干物燥，感冒发烧的孩子特别多。负责给他们扎针的是两个女护士。一个身材超胖，自然就失去了外在美，另一个就秀气多了。给孩子们扎针应该是叫人揪心的事，那嫩嫩胖胖的小手，却要承受针刺的疼痛，更兼哭闹挣扎，所以，我总是扭过头去，等一切就绪了再转过来。医者父母心，也着实勇敢呢。我看到，这两个护士特别有耐心，总是笑着哄着孩子们，夸奖着鼓励着，那种女性特有的温婉，直抵人心，叫你在这寒冷和焦虑里，感觉别样的温暖和宽慰。从外形上看，她们算不得美女，但是，却因了这一份敬业和仁爱，竟平添了无限美好的情致。叫人不由得感慨，工作中的女人，真美！

想起不少男人的择偶观，护士是他们的首选，不禁感叹他们真有眼力。那一份细致和耐心，那一份温柔与呵护，像一双柔软的手，熨帖着人心。

而相比之下，那徒然具有姿容之美，却冷漠暴戾的女人，是多么欠缺女性温柔亲和的最珍贵特质啊。呵呵，来生若我生而为男，也要找一个医生或护士做爱人。

工作着，会有压力和烦恼，可是，它会给我们带来衣食的温暖和精神的慰安；尽心尽责，多一些微笑在脸上，则是一种素质和涵养的流露。工作中，我们发展和成就了自己，也温暖了这寒意料峭的人间。

赠人玫瑰，手留余香。朋友，可曾审视或思考过，工作着，你美丽吗？

光阴有一双手

小时候，听牛郎织女的故事，说天帝最小的女儿很会织布，她每天都织出不同的图案，织好了就用来装饰天空。这天上的五彩云霞，就是出自织女的巧手。

传说自可一笑置之，可是，这天地间，似乎真有一双神奇的手呢。它不断地更新转换着背景，那般殷勤的情状，似乎生怕万千生灵有一刻的兴味索然。

你看也好，不看也罢，这一年四季，都春夏秋冬地轮回着；这每一天，也晨昏朝暮的演变着。冷有冷的静好，热有热的繁盛；明亮有明亮的欢欣，暗沉也自有暗沉的肃穆。

冥冥天道，循着既定轨迹，平稳有序地延展，浑不管，一人一物一草一木的悲喜。它大气而又无情的样子，叫人觉得，那会是一双铁面无私的手呢，冰凉无温。

可是，春夏那花开千树的旖旎，秋冬那雨雪霏霏的情致，分明抒发着无限浪漫的情怀，叫人猜想，那定是一双慈悲温情的手呢，能吟诗，可作画。

杏花开了桃花开，柳絮飞过杨花飞。四时不重样儿，人的视野也是动感的，安静里暗涌着无数变化的契机。

布谷鸟一叫，麦梢就黄了。那曾经还是酸得叫人直流口水的青杏，如今在卖杏老汉的筐子里，通身散发着熟透了的亮黄，诱惑着你走近。俯身一闻，是一股杏子独有的香甜，手轻轻一掬，就分开了，果肉是纯正得没有一丝杂色的杏黄，核也长硬了，就像美人灵秀的眼眸。——那是杏儿的心，以眼的状貌，审视着以口唇亲吻她的人，仿佛你是她前世有约的情人，今生，她要认真地记住你的样貌。等你把她种在土里，或许来年春天，她就发了芽，经年之后，也结一树的青杏，一枚枚，都是一个个关于爱和等待的故事，都是一段段前世今生的不了情。

所以，我每次吃了杏之后，都小心地把杏核埋在窗外的小花园里。常常想，我这小小的生命能遇到它们，一定是经了那一双无形大手的指引，当生命与生命相遇，那微笑和欢喜里，早已写就宿命的缘分。

于是，走过花丛，我看见了花儿的微笑；走过人群，我听到了心儿的呼应；走在天地间，我感到了造化对我这渺小生灵的仁爱和眷顾。

门前是一片浓荫，繁茂的法国梧桐连着大叶杨树，几乎是叶子刚一发齐，就有小小的叶片开始飘落了。有时候是通身纯净的黄，有时候是浓得化不开的绿，纤长的叶柄，精致的心形，无限凄美地铺展在你来回走的路上，仿佛一声声的叹息。也许，她在成全风的苦苦追求，也在叹息树的毫不挽留？

杨树是最普通的一种树木，可是，在我眼里，它宛然是多情的人儿，纷披心形的叶片，一年年，一天天，痴情地为谁守望着。可是，心心念念的人总是寡义薄情呢，风起的时候，你听得到它一声声轻轻的悲吟，安静的时候，你看得到它跌落的心事。

也许，正是光阴背后的那一双手，以如此苍凉的手势，诉说着，感叹着，开始是为了结束，相遇是为了不再相见。——那些聚会的喜悦还在脸上，不消转眼，飘落的离别就刺眼刺心而来，并不容你作片刻的沉醉。

“让我感谢你，赠我空欢喜。”唯有王菲的歌声，慵懒而又苍凉地，唱出了这寻常生活中的华丽和惊心：世间种种，终归虚空。

夏季亮烈的阳光隔了窗子，依然映得人脸上的雀斑纤毫毕现。什么时候开始，这曾是白皙光洁的脸上，渐渐有了深深浅浅的斑点，你再怎样小心地防护，也还是避免不了。一定是光阴这双手，它借你一段美好青春，到了时日，就毫不客气地收回了。

我想起，年过六旬的母亲，在照镜子时，总是叹息着说：“唉，这张脸，都老得不敢看了！我年轻时候……”在光阴的流里，每个女子都曾是妩媚的临水照花人，而红颜寥落，却是谁也挣不脱的宿命。

我亦想起，常去的那个修鞋摊上，上了年纪的男人，脸上和头上那些酱色的老年斑。青春年少的时候，他也是有着干净而又充满活力的肌肤吧，可是，似乎是一转眼，光阴就白了少年头，并顺手在他脸上轻悄无声地抹了印痕，像加了许多微型的印章。

街角坐着几个银发的老太太，都七老八十的样子，臃肿或干瘦，又蹒跚地过来了一个，便有人说：“你看着还真年轻啊！”那一个便自我解嘲地说：“还年轻呐，看我这腿是怎么走路的！”我瞥了一眼，见是走路不敢点地的“直腿”。我的眼前飞速闪现出一群青葱岁月的女孩子，她们小鹿一般灵巧俊美的身姿，在光阴里一晃，就像一页页日历般被风吹散了，定格在眼前的，是鸡皮鹤发的残阳夕照。

“凄风冷雨中，多少繁华如梦，曾经万紫千红随风吹落……我看见水中的花朵，强要留住一抹红，奈何辗转在风尘，不再有往日颜色。”谭咏麟的这首《水中花》，适时在耳畔回旋，我便看见，生命在光阴的手里，不过是一朵朝开夕落的花，也便明白了，为什么，那些花儿都不要命了一般地绽放和喷发。

小时候在农村老家看电影，那缠着胶卷的片子往放映机上一放，有声有色的故事便在荧幕上出现了，一个人的一出戏就开始了。放到最后，胶卷放完，故事结束，一生也就过去了。到别的村子再放的时候，要先倒片子，然后再放，一切都像重新来过一样。不知，那放电影的人，可曾有过一刻的神思恍惚：这样一遍遍地倒腾着别人的故事和人生，自己的这一出戏，这光阴里的悲和喜，可还能从头再来？

光阴有一双手，我们都不能回头。与不可测的来日相比，当下便是最稳妥切近的好。于是，在行走中，我常会想起这样的话：这一生，潇洒走过，无牵无挂，前三十年不用怕，后三十年不必悔。

与女儿同行

一

春来，马路两边的风景就在不停地变换，惹眼的是桃花开梨花开油菜花开，更有万千不知名的小野花默默无闻地开。走在这繁花点缀和烘托的路上，仿佛徜徉在一段美的路程上。

入夏，又有向日葵花举着巨大的花盘金黄得耀眼，绿树下成片的太阳花开得热热闹闹。这时候，更多的是月季花，深深浅浅的红，色也有，香也有，一路走一路看，仿佛不是行在喧嚷的俗世，而是徜徉在一幅美丽的画中。

那些小叶女贞总是被修剪得平整如席。在我的印象中，它们似乎永远是那个样子，长高了，被剪掉，再长，再剪。而作为沉默的大多数，它们衬托的，是团团簇簇的月季花，这时节开得正艳。就像被设定了角色一样，女贞子只能当配角，月季花永远是光彩耀目的主角。

同样是一株植物，那些月季长得何其恣肆！高高低低，枝枝杈杈，随意生长，却怎么长都是好模样，看花人都能够认可。

我于是想起那些落拓不羁的艺术家来，向女儿说："同样是人，艺术家可以留长发、扎辫子，那叫风格，一般人留长发、扎辫子就成了疯子。同样是植物，月季花可以随性长，女贞子就只能循规蹈矩。你说这是怎么回事呀？"

女儿脱口而出："因为月季会开花！"

"对！月季会开花，这是它的与众不同的亮点，就像艺术家有独特贡献一样。所以，每个人都要打造自己的亮点。"

女儿笑了，我也笑了。

二

路边也有一种独特的灌木，春季新叶红艳，夏季转绿，霜重色逾浓，低温色更佳。

一问，才知它们有一个好听的名字：红叶石楠。

可能是怕单一种一大片单调，园艺师设计了每隔一段距离杂以冬青树。结果，凡有冬青树遮挡的红叶石楠，长势都不好，病恹恹的样子，而那些无遮无掩暴露在阳光下，也承受着风雨霜雪的，反而长得无比蓬勃。

我看向女儿，明知故问，女儿说："因为它们没有阳光嘛。"

引导成功，我再进一步，说道："那你以后不要什么事都让我为你做了，不然你也会因为缺少阳光而长不好的。"

"哦——，知道了。"女儿明白了我的用意，拖着长腔应着。

三

与女儿一起边走边看风景，不觉已是夕阳西下。

"快看快看，这落日真美！"是女儿惊喜的声音。

在这一点上，女儿像我，对于美有异于常人的敏感。

我抬头西望，天边正铺展出一幅绝美的画卷。落日圆圆，却又仿佛倒映在水里一般，映出了圆圆的影儿。

我拿出凭直觉准确描述出事物特征的本领，说："像个磕在碗里的鸡蛋。"

女儿立时就笑了："这比喻也太生动形象了！"旋即又叽里呱啦说了一长串子，"用了比喻的修辞手法，生动形象地描写出落日一刻的美好情状，表达了作者对落日的喜爱和对大自然的热爱。——怎么样，关于修辞手法及其作用的表达，我都会背了！"

真是想不到。

单纯欣赏一下落日的美好就可以了，一个孩子，居然把它与考题联系起来了。

我的孩子，过着永远有写不完的作业生活的孩子们，你们真是太累了！

“还应该加上一句，表达了作者对生活的热爱！”我说。

两个人都笑了，一对书呆子。

生活很沉重，可是，生活中从来都不缺乏美好和快乐。

无论如何，我们热爱生活，并保有对这仅有一次的生命的热爱。

四

我们走在路上，也行在时间的流里，太阳的热力一点点消散，天色将晚。

旷野无人处，风吹着裸露的胳膊，凉爽里夹着些微轻寒，我便觉得冷了。而一接近人居处，又明显感觉似有一股温热冒出来，弥散着，将人裹卷。

我想起从前坐车里，断无这种体验，因为一直都处在人潮汹涌里。

人多熙攘处，矛盾、争夺和疼痛使人只想远远地逃离，只有真正到了荒无人烟的境地，才会明白，有人群的地方才会有生气，也才会有温暖的气息。

五

进入人声喧嚷的闹市，街灯已经亮了。

城市里没有黄昏和清晓，片片霓虹淆乱了白天和黑夜的交接，仿佛经年的老照片，透着泛黄的岁月，不复当初的黑白分明。

“我看见月亮了！”

我也随女儿抬头望天，却找寻不着。

“你得用手遮挡住路灯的光，才能看见。”

我学着女儿的样子，像孙悟空手搭凉棚一样，挡住那几乎淹没了月华的强光，果真看到了一弯新月，弯弓一般，无限美好地挂在天边向我们微笑。

在喧嚣和浮华背后，许多朴素的美，一直都不动声色地等待我们细心观照和体察。

这一世，女儿是上天派到我身边的天使，守护着爱和美。

六

住处与学校有一段距离，我常常会带女儿走过这一段路，一边看风景，一边谈生活和学习中的琐事。

经过很多人群，看过很多风景，我们不会迷路，不曾停留，因为始终知道，爱是彼此的归宿和出发点，而前行，是为了生命更加熠熠生辉。

“慢”步生活

不知何时，我已经养成了快步走路、快手做事的习惯。

是从感觉到了时光流逝的匆遽开始的吧。

我是一个痴傻的人，从小被视为呆笨，不会做讨巧的事，不会说嘴甜的话。人群中只是沉默，沉默里看得到时光游走的脚步，听得见灵魂唤我名字的声音。

于是夜晚常常不舍得早睡，怕一沉入梦乡，这一天就又过去了。更兼，有亲人朋友的殷殷期待：在健康的前提下，要有所作为。于是，练得走路迅疾，手脚利索，且看不得身边的人慢吞吞。

要考试了，学生不急，我先急出一头火来；要迟到了，孩子不急，我急得一遍遍催促着；去超市购物，出口处，看那负责核对盖章的年轻人慢悠悠地耽误时间，我就忍不住说：“快点！快点！”

总觉得时光匆促，而要做的事太多；总怕措手不及，一转眼就风华不再。

就这样，在陀螺一样不停的旋转里，结束了又一学期的工作，终于可以闲下来了。

平时因为工作忙碌，未能好好照顾孩子，觉得歉疚，便想静静洗手做羹汤，看她可爱的笑脸，清晓目送她骑车上学，黄昏在门前等待她回来。

那天，女儿看书，我煮了紫薯，炒了清淡小菜。端上去时，女儿将视线从书本移到汤碗，微皱了眉说：“妈，你做的什么饭，这汤的颜色好奇怪呀！”

是啊，紫薯煮了之后，那汤水竟变成蓝色了呢。我笑着说：“我用你画画的小蜡笔熬的汤！”

女儿更加诧异了，愈加追问，我才告知。

女儿说紫薯好吃，又甜又软，我便把自己碗里的也挑出来给她。

“紫薯的颜色真好看。你咬一口，看看里面。”女儿忽然说。

我有些不好意思地笑了：“我只顾着吃了，没来得及看呀！”

便在碗里搅一搅，却发现已经没有一块紫薯了，于是说：“我就像《西游记》里的猪八戒吃人参果一样呢，囫囵个儿吃了，没来得及品味儿。”

女儿笑了，从碗里夹出来一块给我，我咬了一口，细细看那断面，果然颜色煞是好看，与外皮的紫比起来，又幽深又雅致，叫人想起紫丁香和薰衣草的婉约来，都舍不得把这样美好的东西吃掉了。

继续吃菜喝汤，我心里却无法平静了。什么时间变得如此粗疏了呢？生活中还有多少美好的细节，被我在快捷辗转中忽略掉了呢？

干工作，手脚要快，领导说，快走几步就不会迟到了；讲课文，导入新课要快，专家说，不要超过一分钟；指导学生写作文，入题要快，老师说，首段字数控制在两行半……

传递讯息要快，最好瞬间抵达；建立关系要快，今日套了近乎，明天那个功利目的就浮出水面；幸福和快乐要快，一起奋斗十年二十年太奢侈，目标直接锁定白富美、高富帅……

快，快，只要快，必须快。

快，就只能跳过那个沉淀和酝酿的过程，省略掉许多静静等待在时间里生成的美好。

而个体生命在这快节奏的时代洪流里，仓皇被裹卷着向前去。当“快”成为一种习惯，一种行为方式，想要再慢下来，亦非易事。

那晚我走在街头，身边人来人往，喧嚣的闹市令人烦忧，不由得加快了步伐，乃至于走得“雄赳赳气昂昂”了，自己觉得是脚上生风。

直到看到那父女二人，我陡然慢下了脚步。

那是卖手机的门店，店主搬了躺椅慵懒地靠着休息。那个男人斜靠在椅背上，玩着手机，小女孩就骑在他的头上，手里拽着他的头发，赤着的脚丫踩在他的胸脯上肩膀上——那一定是他的女儿，亲亲的娇柔的小女儿。一个父亲的爱如此丰盈，所以，可以无限制地爱宠着她，任她恣意玩乐。

我默然无声地慢慢走过，被这亲子之爱感动着，就连空气，也似乎变得无比轻柔了。

我慢吞吞地走着，再也不想急匆匆地往回赶。

人生已经够匆促，当我们以快捷的方式干完了工作，何妨“慢”步生活。这人间有味，总要慢看、细品，才知其中清欢啊。

熬出美好

去粮油店买米，我一直喜欢散发着自然香味的那种。店主说有两种，贵一点的要好一些，但是难熬；便宜一点的，相对要熟得快。你要哪一种？

我用手捞起来一点米，看一看，外形有椭圆和纤长的区别，闻一闻，香味都差不多，但是，那价钱悬殊却很大。

几乎是凭着直觉，我选择了贵的。老板笑着说：“做米汤一般都不用这个，好难熬。现在的人，太忙，等不及！”

我没言语，心里想，是啊，在东奔西走的辗转里，有很多时候，自己都觉得，连坐下的时候都没有呢。可是，我却选择了这种难熬的米，是不是一种奢侈？

买都买了，索性不想那么多，不过是小人物一个，不过是碌碌无为的辗转，又有什么大不了的事，难不成连熬一碗米汤的时间都挤不出来吗？

于是，第二天上午早早就放电饭锅里开始熬。我倒要看看这米有多倔强，要我等待多久，它的心香才肯为我袅袅释放？

水开了，煮了半小时左右，用勺子舀出来尝一尝，米粒硬硬的，也不香。它不像一般的米，开水里稍微一煮就散发出一股子香味。

真是顽固不化呢，我心里想。可是，我相信，好米就应该具备一切好东西共有的特质，沉稳自持。那内里的好，须得在光阴里慢慢酝酿，才能生成和散发。我于是让它们保着温，出去转一圈儿，心里知道，得给它们一个转化的过程。

我想起，从前跟同事一起买米，也是挑了最贵的一种，想着贵的应该好喝，谁知，先熬了米的同事皱着眉，后悔不迭地说："哎呀，上当了！你再怎样熬，也是稀汤寡水的，米是米，水是水，不黏糊，还是水乳交融的好。"

我也熬了，果然不是速战速决马上就可以喝的那种米，需要耐心等待，慢慢熬煮；更需要人以一种闲适的心情，去感知和品味它的好吧。譬如有一种碎米，稍微一煮就成了黏糊糊的一锅粥，熟倒是熟得极快，可是，喝起来没有一点米味儿，糨糊一般呢。

等我在街上转悠了一两个小时，回来接着熬这一锅米汤，渐渐发现，那米粒软了，舒展开来了，一粒粒，宛若小小的花瓣，朵朵白梅一般。我拿了小碗盛了，——是有保温层的不烫手的银碗，感觉里，立时便有了银碗盛雪的美好。汤是温润如玉的莹洁，莹洁里飘浮着一朵朵小花，轻轻一搅，那花朵便无声地上下翩飞，闻一闻，淡淡的香味，清幽邈远。

喝的人便看得痴了，这哪是在喝汤，分明是在享受画意诗情呀！

我想起，那难熬的米袋子上，写着"寒香玉"三个字，觉得真是名副其实。因为不肯轻易展露自己的珍贵特质，珍重着自己的那一抹心香，所以，总有一种冷然，一种寒色。

没有耐心的人，等不到昙花在午夜乍然吐幽放香的神奇时刻，没有品位的人，亦无法领略那一种真水无香的超然雅逸。

真正有价值的东西，都是这样的吧？素雅寡淡，轻易触不到它内核里的好。它在萧瑟寒冷处，在灯火阑珊里，在心向往之的恒久期盼里。

就像，真正美好的爱情，又有哪一桩，不是因为有了千回百转的起承转合，才终得深入人心，在光阴里镀上了金子一般的光芒？

所以，我不喜欢一切速食的东西，觉得那同时也是易朽的，不能颐养身心。

人生几十年，很短，也很长，与其在走马观花里匆促走过，似乎曾经见识过很多，细想却无一属于自己，并无来自心灵和生命的真正收获。不若，以闲淡地熬一锅好汤的情怀，在光阴里熬出这一世最想要的那一点美好。

喝米汤，还是要熬好米。人就这么一辈子，谁不想熬出一个美好的人生呢？

吹糖人

自从前年在人流喧嚷的街头买了一次糖人之后，每次我带孩子上街，她总是念叨着："要是有吹糖人的该有多好！"

可是，吹糖人的老汉们不知隐身在了何处，一任我们的盼望和找寻归于失望。

年关渐近，街上的闲人明显多了。学生们放假了，我也日日带了孩子闲看人烟。有一次，忽然就看到人丛里有吹糖人的老汉和他的摊子。惊喜里，我忙叫住正左顾右盼的孩子：“吹糖人的！”孩子的眼眸立时闪过惊喜的光彩。——世事多是如此吧，总要在众里寻他千百度之后，才会发现，那人竟安然待在灯火阑珊处。他们显得大气而又无情呢，全然不知你曾经历了怎样一个焦灼期盼的过程。于他，我们只是最寻常的顾客和过客，他忙着手里的活计，甚至都不曾抬眼看我们呢。

真是叫人欢喜又惆怅啊。

见过会吹糖人的，总是上了年纪的老汉，想来，也只有他们才能习得这样的传统手艺，经了年月的历练，沉默里，自流露出一种胸有成竹的气度和洒脱。

说是摊子，其实只是一辆老旧的黑色自行车，前面有高高的横梁，带着岁月的沧桑，叫人想起年少时学骑车子时，就是这样的自行车，因了这横梁的高不可攀，我们常常会摔跟头，不是上不去就是下不来。车子后面左右两边各挎了一个铁篓，一边的篓里放着一捆像筷子一样细的玉米秆，一边放着一个小木箱子，箱盖打开着，里面是两样做糖人必备的东西：红绿黄三色的糖稀，一把小剪刀。如此简单，真叫人感觉有些不可思议，因为吹出来的糖人是那样精巧美好，人不由得会往复杂和困难里想。也许真正的复杂只在老汉的心里，在那一个艰难学习吹糖人的过程里。现在，他已经修炼到可以用最简单的材料，随意捏出或吹出最好看的糖人了。就像把武功修炼到极致的侠客，人剑合一，心中有剑，手中无剑，随便拿起一个什么东西，都具有一剑封喉的杀伤力。

老汉的摊子前早就围了一群大大小小的孩子，都以黑白分明的眼眸看自己要的糖人是怎样做成的。人再多，老汉只是沉默，他的麻利表现在那一双手上，好像你要什么他都能捏出来。那孙悟空是最受孩子们欢迎的，用剪刀细细一剪，便成了头上的花帽，用手一拉一放，那猴子的大腿便活灵活现地出来了，再一拽，小猴又手搭凉棚翘首观望了。末了，又折一节玉米秆，用红色糖稀一圈圈绕了，一个花花棍金箍棒就成了，再沾一点糖稀，往那小猴身上一粘，一个神气气的孙悟空拿金箍棒就出来了。孩子们都眼馋地伸手要，大人掏一块钱，小孩就高兴地拿着一边走一边舔吃起来了。

箱子上扎着几个龙盘柱子、孙悟空骑大马、小老鼠上灯台，一会儿就卖完了。有人说："咋不多做一些！"老汉头也没抬地说："做不及呀。"大抵好的手艺都是这样吧，供不应求呢。

等更小的孩子们都一人得了一个"孙悟空"散去了，我们才要了一个小老鼠吃辣椒。刚才人多时，那些都是捏的，几乎都是一分钟一个。老汉说："吹的要费事些。"而我们偏就想看看那一个个栩栩如生的糖人是怎样"吹"出来的。只见老汉熟练地用指头勾起一点糖稀，在手上揉捏几下，便有了小老鼠的体形，把那末端噙嘴里一吹，腰身鼓起来，便血肉丰满了，又拉出四只脚、小耳朵，最后用剪刀一捣，小老鼠的两只贼溜溜的眼睛便出来了。辣椒是两只，一只红的，一只绿的，分别用糖稀粘在玉米秆的左右两侧，那小老鼠便伏在了辣椒上。

至此，一个小老鼠吃辣椒就吹成了。我掏了三块钱，孩子欢欢喜喜地拿在手里，左看右看，想吃又舍不得吃，只用舌头轻轻地舔着。

临走，孩子说："我们买点糖稀吧，我也想吹一个糖人。"老汉笑了："你吹不成，这可不是一两天的工大。"我们于是笑着走开了。

行走在人流里，老汉的话久久回荡在我耳边，令人想起"台上一分钟，台下十年功"的话来，想起冰心的小诗来："墙角的花，人们只惊羡于你现时的明艳，然而，当初它的芽，浸透了奋斗的泪泉，洒遍了牺牲的血雨。”

有人说：“写文章是技术活，也是艺术活。”于吹糖人的老汉，用什么东西来捏和吹也许是一种技术，而怎么吹，吹得好不好，就是各人的艺术领悟了。写文章何尝不是如此呢？“文章本天成，妙手偶得之。”当我们修炼到技艺混融的境界，也许真的就可以嬉笑怒骂皆成文章了。

一如这吹糖人的老汉，随便用一些糖稀，就可以从心里吹出精妙的糖人了。

放风筝

天蓝云白的午后，初春的小南风悠悠地吹着，一抬眼，有孩童的风筝飞起来了。我心中一喜，也带着孩子拿了风筝去放。

这是怎样美好的生命享受啊，静好的日子，红妆的女子，雀跃的孩子，青青麦田里放飞风筝，也放飞梦想，这样的情景，如歌如诗。——风筝还没飞起来，人先就醉了。

忽悠的风捉摸不定，风筝也随之起起落落。孩子拉着头顶的风筝跑得气喘吁吁，看我的渐渐飞高，便问：

“妈妈，我的风筝怎么就飞不高呢？”

我说：“因为你不肯把线放长。风筝飞起来时，要及时放线。”

风筝是自由的精灵，要让它飞得高远，就要给它充分的自由啊。我懂得这个道理，风起时也及时放线，它便越飞越高，却常常忽然就以头抢地了。不灰心，再放飞。我的风筝终于又飞起来了。我兴奋地放线，再放线，想让它在我的支持和宽容里像小鸟一样高飞。线轴飞速地转，我要把线放完，我要给它最大限度的自由。

可是，线放完的一瞬间，它忽然就挣脱了我的牵曳，完完全全地飞走了！我一惊，看时，原来，卖风筝的人并没有把线系在线轴上，在扶摇直上云天的一刻，它完全自由是必然的了。满心怅惘地看自己费了那么多心思才放起来的风筝兀自飞走，正懊悔，却见因没有牵曳而极快失重的风筝东摇西荡，终于颓然而下！

所幸，它跌落的地方离我不太远，便跑过去，找回失落的绳子。这一次，我把它牢牢系在轴上，心中忽然觉得，原来，任何自由都是有限度的啊。因为希望你实现高飞的愿望，我给你自由；可是，当你飞起来时，是否觉得我的牵念却成了你的阻力和负担？猝不及防的意外成全了你的自由，跌落的一刻才明白，原来你离不开我守望的目光，离不开那似乎已成羁绊的牵系，你并不是不需一丝挂牵就可前行的空心精灵。那么，请让我把线牢牢地系在轴上，一头是你，一头是我，这长长的线，是我给你的爱的自由。卖风筝的人没有把线系牢，也许是别有一番用意呢。

孩子央求我把她的风筝也放起来，因为有了上次的教训，线快放完时，我留心抓住了线头。我把线系好，满心欢喜地看我们的风筝扶摇直上。

两个风筝都飞起来了，我和孩子再也不用手脚忙乱地奔跑了。站着，牵曳着，以人之逸待风筝之劳，真好。此时仰望风筝，它们抖动着身体，高飞中，似是在向我们点头致意。

我满心欢喜，又不由得轻轻叹息。父母对于儿女，多像手中的风筝哦，希望他高飞，牵挂就像是手中的绳子，一直不能放手。

“疯女人”的“时装”

作为一个爱美的女人，闲来逛街无疑是一种绝好的放松方式，而看时装，尤其成为一种愉悦身心的享受。

在衣饰的花丛中，我像一只贪心的蝴蝶，恣意翩飞，流连不倦，却不一定要买，因为，我追寻和欣赏的，其实是一种独特的构思，一种将精神和灵魂物化了的、充满创意的美。

从前到服装店里看衣服，店主总要问一声“想看上衣还是裤子”，以示热情，并想做些推介和导引，我总是茫然而又笼统地答：“要别致一些的！”

到底什么样的才算别致，其实自己心里并不清楚，但是，总是相信，会凭了一种直觉，能够遇到设计得别有情致的一款，在满目平淡庸常中，叫人眼前一亮，内心为之一震。——那是敏感的心灵在美丽当头时，由衷的敬畏和震颤。

这一次，我在一家全国连锁的大型服装广场流连，要换季了，忙于工作和生活而少有闲余了解时尚信息，我想以这样快捷直观的方式，捕捉那些在衣料上流露出来的最新元素。

裙子短了好些年，短得不能再短了，就物极必反地刮起了复古风，时兴拖地长裙了，再加上那几许古典雅致的图案，使人仿佛触摸到了那失落已久的纯真情怀。

看时装的不独是女人们，我还注意到了两个边看边议的中年男性。一个指着流行了好几年的或皮或布的短裤，笑着对同伴说：“这社会的发展演变真是奇特，你再也想不到下一步会流行什么！”

接着，他眉飞色舞地讲了一个内裤外穿的故事。

二十世纪八十年代的一个乡镇集市，一位“疯女人”把内裤穿在长裤外，引来无数人围观，被人指指戳戳，沦为笑料。谁也想不到，几十年过去了，当初那“疯女人”的穿法，竟与今日顶尖设计师的精神理念不谋而合。走在街头，展眼而望，短裤成了横扫春夏秋冬的时尚符号，于大江南北，在大街小巷，一时间风头无二。

两个男人评说着走去，我看着身边随处可见的此类装扮，不禁陷入了沉思。

内衣反穿是近几年时尚界的先锋理念，颠覆传统，张扬个性，展现性灵对自由极度的渴求。在这审美多元和兼容并包的时代，这种诉诸衣服的近乎疯狂的精神和思想，在对人们的心理与视觉造成强烈碰撞和挑战之后，终于杀出一条血路，成为被越来越多人认可的时尚。

横看成岭侧成峰，原来，“疯”与创新，是同一事物的不同侧面。

人疯了，也就没了羁绊和约束，没了畏惧，尽可以展开思维的双翼，自由飞翔。而常人中规中矩，言论行动瞻前顾后，自以为进退合宜，其实是在诸多限制中渐失创造性，聪明反被聪明误，一个个沦为可悲的平庸者了。

绝对的压制，带来绝对释放的欲望。

——就是要把内衣反穿到外面，我要借这样癫狂的方式，来向长天大地释放自己的渴念，来抒发这岩浆一般奔突于心的狂烈，如此，方可获得一些平衡，否则，我怕自己真的会疯掉；

——就是要把内衣反穿到外面，这纷繁人世，我这渺小如尘埃的个体，如何才能脱颖而出，且让我，以如此极端的方式，点亮你的眼眸，哪怕转瞬便如流星一般逝去，只要曾经有过这样嘹亮的一刻，我已有了足够的慰藉……

我想起了那些天才的诗人——儿童，那些无边无际的奇思妙想，那些令人叫绝的精灵古怪念头，那神灵一般通透的黑白分明的眼眸，不正是因为他们的思维还没有受到成人的影响，所以能无拘无束、驰骋千里吗？

遗憾的是，那些稚嫩心田闪现的思想火花，随着涉世渐深，竟一点点都主动或被动地熄灭了，坚持下去的，如果不能成为“神”，便是遭人诟病的“神经病”。而扮演“常人”角色，扼杀“奇迹”的，恰恰是我们成年人。

“怕”字当头，何谈创新！

至今记得一所高中教室里的标语：自主自信，我心飞翔。看到的一刻，我心里涌起了温暖的潜流。

是的，此生短暂而且不可重复，我不要淹没在人潮，我要放飞心灵，我要成为自己，标新立异，独一无二，如此，方为不辜负。哪怕，别人指着我的背影说：“瞧，这个疯女人！”

我不会在意，并且一直向前走。——疯女人会开创时尚，我也会有我的传奇！

晨读忧思

那是月考前的早读课。

一个小时之后就要开考了，谁都知道临阵磨枪不利也光的道理，这时候看一眼也许过一会儿就能用上，可是，学情永远千差万别，有人分秒必争地诵读，有人却仿佛事不关己，继续说笑。

“商女不知亡国恨，隔江犹唱《双节棍》。”有人轻吟，一阵哄笑。

“轻轻地我走了，正如我轻轻地来，我挥一挥衣袖，你从楼上跳下来。”有人戏读，又是一阵哄笑。

只要是与学习无关，他们的幽默感和创造性总是那样丰富，惊人地有才。

一番表扬，一番批评，好说歹说，才渐渐有了学习的氛围。

这活生生的群体是越来越难管理了。他们就像涌动的水流，看起来似乎每天都还是那些个人，却随时都在发生着变化。昨天还总是软抵抗的学生，今天忽然就像变了一个人，哇哇地读起来了；那记忆力超强的，却只有五分钟的热度……

我拿着记录每个学生任务完成情况的本子走到林东座位旁，发现他正保持着招牌动作：低头沉思。

这应该是个聪明的学生，凭着他的数理化成绩总是第一，谁也不能怀疑他的智商，可是，那态度却总是叫人懊恼呢。

“老师，你总是叫我们学习呀，学习呀，没用——”他头使劲往下一点，算作是特别强调，“就算我们这一届将来能出一个博士，可是，那还不一定比人家打扫卫生的人挣钱多哩。”

又是一个读书无用论的拥护者。

这也许就是他明明脑子好使，却不愿尽力去学习的原因吧。

农村人就意味着是缺钱的群体，如果读书还不如不读或少读挣钱多，那么，读书就是无用的，就是错误的，劝人读书就是害人的。

我想起几年前的一个女生了。寒假之前，她忙着给周围同学写留言，说下一期不上了，准备出去打工。我劝她接着上，她说了村里两姐弟的故事。高中毕业的姐姐和初中都没有上完的弟弟在一个城市里打工，结果，姐姐的工资还没有弟弟的高，由此得出结论：上学无用。

我怎么都忘不了她最后的那句话："你劝我们学习，不是要坑害我们吗？"

我无语。

几年过去了，不知那个女生是否还会觉得老师劝学是坑害他们，不知有那样观念的家长和学生，会有多少人？

现在，我眼前的，就是一个这样的林东。

教育，教师，在他们眼里不过是误人子弟的一类。

社会上好像这样的例子也不少，当年的学霸大学毕业了找不到工作，当年的学渣却盖起了自己的高楼大厦。于是乎，今天的学渣似乎寻到了充足的理由，振振有词地为自己的不学习辩护。

面对如此巨大的社会问题，我感到自己的无力，于是向一个学界前辈道出了困惑。

前辈很快回复说："要有正确的学习观，学习是人生之必须，学习不只是为了读博士，人生的方方面面都需要学习。学生的认识是个社会问题，学生了解、听说的都是一些浅层次的声音，接触的都是一些浅层次的现象，正面的深层次的外面世界他们不知道。如果去一次北上广，他们对学习就会有重新认识。作为教师，要给他们输入新的东西。"

是的，要有正确的学习观，思想是行动的先导。

世上美好事物那么多，高层次的优秀人才那么多，可是，我们的学生接触不到。他们的了解，大多直接来自农村、同时也是社会最底层人的浅见拙识。有时候，教育的力量不足以打破他们的这种短视，因为他们拒绝接受教育，同时也就丧失了接受和开启一种高远视界的机会。

从前我说起这里学生的厌学和欠缺动力，有朋友说，有条件的话，可以组织学生到大学里参观一下，接触高层次人群，他们的观念也许就会改变。

我笑了一下，什么算是有条件呢？知我者谓我心忧，不知我者谓我何求。

从小就没有形成正确的学习观，再加上没有家长管教和内在动力，农村的很多孩子都输在了起跑线上而不自知。——不仅仅是物质财富的匮乏，更多是精神和心灵的短视。农村是真穷。

早读结束的时候，那些课堂上一直精神恹恹的男生瞬间恢复了精神，急不可耐地冲下楼去吃饭了。对于他们来说，考试早已不算什么。可是，老师是要向学校和社会提交成绩的，于是，皇帝不急，急死太监。

我也只能这样，身不由己地走下去。

画好你的圆（外一篇）

一

考场上，学生们下笔刷刷地做题。我看见讲台上躺着一个巨大的圆规，有些好奇，拿来把玩。

这个木制的圆规，长约六七十厘米，是学生们用的那种放大版，一只脚脚尖用一颗铁钉做成。它着地，就是圆心。另一只脚尖的末端可以插一支粉笔。它围绕铁钉的脚尖在版面上旋转一周，便能画出一个圆。

我把圆规的两只脚稍稍分开，想要在讲台桌上画一个圆，却发现，半径的大小，竟然严重地影响着一个圆的形态。

就这个圆规的长度来说，半径适中的时候，画得最轻省，一只手就可以完成，毫不费心费力；随着半径的一点点缩小，竟然越来越难画了，另一只手也得参与进来，小心扶持着。当半径小到最低限度，不仅圆规严重倾斜，像一个要倒下的人，而且，那圆心也难以稳定地保持，就像脚步踉跄的人一样，站立不稳，费了好大的劲，才画成一个极小极小的圆。

原来，半径越小的圆越难画，就像半径越小的人生路越难行一样啊。人生是有长度的。如果一个人画地为牢，那么人生的路就会走得歪歪斜斜，难以立足，这一个圆，画起来会有多辛苦呀。

若是半径无限大，拥有了无限的内容和承载，又会是怎样的呢？

我把圆规的两只脚用力分开，却发现，随着半径的一点点扩大，竟也越来越难画了。不仅平衡性难以保持，而且，讲台桌已经太小了，容不下它天马行空的运动。我又换到黑板上，换到地面上。——当这两条腿几成一条直线，从前那些美丽的圆也不见了，再也画不成了，就像一个逐渐倒下的人，他要趴下了。

我再进一步，让他的野心无限膨胀，他终于彻底趴下，颓然倒地，圆心不能再着地，那嵌着粉笔的一头再也不能延伸出轨迹。——当着一个圆无限扩大，人心里还以为是终极和圆满，却原来，竟是一个大大的虚空！

本来是无聊地随意画一个圆，不料想，却看得如此触目惊心。我合上圆规，那两条腿又并拢到了一个狭长的盒子里去了，仿佛刚才我看到的那一个个圆，那一场场人生的悲欢，都是幻觉一般。

午后的阳光煦暖，照在我身上，也照在正奋笔疾书的学生们身上。此刻，我们存在着，一言一行不正是在画着自己人生的圆吗？耳畔，忽然就凄怆怆地想起了唢呐声。一个学生咕哝一声：“谁家又死人了！”

是的，谁一生的圆又完结了。而我们的生活继续，该如何画好自己的圆？

二

那天早读时我走进教室，一抬眼看到了黑板上还未来得及擦掉的数学题。

入眼的是许多大大小小的抛物线，那由一个一个的点连起来的线条自然起伏，平滑优美，似乎在向人诉说着什么。

那几天正好在集中背诵古诗文部分，任务重，压力大，而且相对枯燥，有些学生想松劲了。

我没有直接督促他们坚持不懈，而是从黑板上的抛物线说起——

“我们每天背会一个题、一篇课文，就像画了一个点，不停地坚持，最后，当我们把这些点连起来，会发现，原来竟是一个如此美丽的抛物线，虽然这努力的过程有些艰难。”

大家看着黑板上的抛物线，有些人若有所思，有些人咧嘴一笑，继而都放声读了起来。

督促见成效，我心里稍稍有些轻松。再看看这些已经画好的抛物线，安静里，它们把我的心神扯得远远。

那组成抛物线的一个一个的点，何止是像一个题一篇文章，其实不更像人生的每一天吗？

每一天就像一个小点，许多小点汇集起来，就连成了以非常直观形式回放一生轨迹的抛物线，有人的轨迹恢宏大气，格局浩大；有人的轨迹窄小逼仄，单调平缓；有人的轨迹大起大落，风云激荡……

无论你是用心描画还是随手涂鸦，每一天，我们人生的抛物线上都增添着一个点，而且，今天的每一个点，都有可能改变总体的走势和格局，生命不息，这线条就一直起伏和延伸着。

想来，在黑板上画好一条抛物线很轻松、很简单，而在生活的版图上，这牵涉家庭、事业、亲情、爱情等诸多层面的人生抛物线，画起来就艰难得多了呀。

反正已经注定了会有对错和起落，也没有坐标轴可框定方向，那么，就遵循着心灵的指引向前去吧，许多年之后，成败由人评说，人生的这一程，但求不负我心！

谁可相商

一

他的名字叫刘金，是班里个子最高的男生。

有时候，饭后我有其他事，可能迟一些去坐班，会嘱他帮忙维持秩序，以免有突发事件。责任重于山，安全大于天呀。

他记忆力超强呢，再长的课文，一早晨就拿下，最先背的必定是他。

他，却又是聪明而不肯干的典型。其实，他都知道，聪明不干，等于笨蛋。

他的语文成绩三次有两次都不及格。我问起英语老师，她说：“刘金英语也是每次考试都不好，而且，课堂上没有一点规矩意识，想走动就走动，眼里根本没有老师。”

我想起，一些男生对我说的情况了。“我们英语老师说，刘金呀，这一学期，你能有一节课管住自己，不随便走动，我就满意了。”

动之以情，晓之以理，百法使尽，未有成效，我也终于无计可施。

刘金，多好的名字，我想起的，永远是“流金岁月”，可是，一个十五六岁的男孩子，他的流金岁月，都付与了茫然混沌啊。

作为一个老师，想要点醒一个梦中人，真难。你眼睁睁地看着他一日日让流金岁月白白流逝，却无能为力，徒增无奈之感。

所以，我最后这样对他说：“以后毕业了，不管到哪里，干什么，都要花时间好好想想，自己想要的是什么，真正喜欢的是什么。”

——因为太知道，一个人，一生，如果找不到自己真正愿意为之付出和努力的事情，就不会最大限度地去挖掘潜能，就不能爆发出生机和活力。

从某种程度上来说，也就是，终身误。

一年的师生缘分，开始和过程，觉得似乎很长，别离的时候，同样是，一转眼就各奔东西。当中考的号角吹响，他们将带着自己的书本和行李四散而去。

于是，又想起了他平素的做派。常常是，他课文会背了，就完了，仰着脸干瞪眼，大把时间也就过去了。你给他布置任务，他说：“老师，我不想……”总是不想干这不想干那的，叫你觉得真好笑，都十五六岁了，还心智不成熟得像个小孩子。

这世间，你生而为人，有几桩，是你不想干就可以不干的事呢？今天，你不想学习了可以跟老师商量，明天，在社会和人生的大规则面前，你找谁商量？

愿意相信，他能如“睡神”梦醒，珍惜自己的流金岁月。

二

他的名字叫杨帆，也是睡神级别的男生。

印象里，他总是瞌睡多多，身子一歪就睡着了。你走近去叫他起来学习，他勉强给你个面子起来了，脸上却写满了不耐烦，不愿意，叫你这做老师的，心里一沉，接着一凉。

当我对他无可奈何时，那些男生告诉我，上八年级时，他曾把一向很厉害的物理老师都气哭了。后来跟其他任课老师谈起，也都对他的不尊敬老师有同感。

很早，我就认识他父母。我去买菜，他们卖菜。他的相貌，跟那个看起来面容温善的女人，长得很像。他父母还以为自己的孩子在学校里多用功呢，有一次见了班主任，一再叮嘱说，可得多关照关照我们杨帆呀。

同事还讲了一件事：杨帆问历史老师一月有多少工资，老师说，九百多。他几乎是非常不屑地说，还不如卖菜呢，卖菜一天也能赚好几百。

同事末了叹息一声说：“人家压根就瞧不起老师，更别说尊敬了。”

想想有理。

这很多学生的家长，都出去打工了。他们自己一年也难得见父母一次，更别说家长会主动跟老师联系，了解自己孩子在校情况了。学习的事完全推给学校，而心灵成长又是如此虚渺，不可察知。

我于是知道，这是个难缠的主儿，“钉子户”。

这些青春迷茫的学生，他们仿佛一匹匹脱缰的野马，基本的文化知识没有掌握住，基本的为人素养也不具备。贫弱的不仅仅是物质生活，还有更苍白的内质。

而杨帆同样是脑子好使却懒得干的典型。你布置了让做阅读短文，坚持不了几分钟，他便问："老师，我不想做这些题，背作文行不行？"我知道，那些题做起来并不轻松，会有困难，他习惯于知难而退；你允许他在大家都做题时背作文，只要他肯干就行，可是，作文也不是那样好背的，也会有困难，坚持不了几分钟，他又不想干了，身子一歪，头一趴，酝酿瞌睡去了。总之，他是什么都干不下去。

这样的时候，我不禁在心里深深叹息：该是最大限度汲取知识的时候，你纵容自己的懒惰，等别人收获的时候，你该如何面对自己手里的一片空茫？

今天，你以为可以和老师商量，终有一天你会发现，这世间的规则，众生谁都无法逃脱，除了顺应和遵循，谁会给你商量的余地呀。

这几年，几乎每一届都会有叫"杨帆"的学生，男女都有。看见的时候，我总是会想起"扬帆远航"这四个字。

这生命里太多的光阴，他们可曾有一刻思考过，如何，才能不枉担了这个名字里含义的好？

三

看见他，我便想起了贾宝玉。

别人都是面向黑板端正坐着，他总是墙头草的姿势，似乎随时准备与前后左右的人说话，即便，班主任把他的座位安排得几限于孤立之势，也休想困住他。

他极快地跟周围的同学混熟，尤其是女生，似乎总有说不完的话。你批评他，他从来都不气，根本就是一个耳朵听一个耳朵扔，用好听话打发了老师，转脸就又说起来了。

他那胖乎乎的脸上，总是笑口常开，一如大肚能容的弥勒佛。有老师谈起他时，说："人家真是名如其人呢，国庆，国庆，总是欢欢喜喜的样子。"

可不是！

他的头不停地左右转，翩然一副眼观六路耳听八方的模样，随时捕捉自己可以参与进去说笑的信息和场合。

最近，这小家伙似乎春心萌动了，一有机会就拿出小镜子，总也欣赏不完那镜中人似的，一边照一边拿梳子一下下地梳前边的"高山流水"，梳着笑着，叫人不由得想起"伪娘"这个词。

上学于他，似乎就是以墙头草的姿势与女生说笑，应付学习任务，然后提醒大家还有多长时间放学。

每次离放学还有几分钟时，他就一遍遍地问：

"老师，放学吧？"

"铃响再走！"

"老师，提前放学吧？"

他已经坐不住了，等不及了，站起来要做冲锋状了。

那些踏实学习的学生抬眼无声地看看他，又埋头于书本中去了，他们应该和我一样，此际正感叹时间过得快吧。

孩子，如若今天是你生命的最后一天，你还会这样一遍遍地商量和催促吗？

前路茫茫不可知，年青如他们，理所当然地以为，明天的太阳会灿烂照身，并且永无休止。

可是，时间从来不和我们商量。这一分钟要结束的时候，这一小时要结束的时候，这一天要结束的时候，这一生要结束的时候，时间总是旁若无人地走，大气而又无情地走。因为不能掌控，觉醒的人会感觉深彻的不安，总怕来不及。而混沌的人，却似乎，总有着无知无觉的漫长幸福。

渺小脆弱的我们，哪有丝毫商量的余地呀。

假如流水能回头

一个朋友，上学时候品学兼优，就连谁能跟着他玩，都成了一种荣耀，可是，他更喜欢音乐美术这些有灵性的学科。父亲却不允许他把心思花在这些事情上，觉得是不务正业。晚上，他偷偷打着手电画画，被父亲发现了，把他的画纸和画笔摔到外面。他眼泪丝丝地看着，心里想："父亲啊，为何，你就不能容我做自己喜欢的事呢……"

很多年过去了，很多时候很多事情，他依着父亲的意思做了。当半生光阴匆匆而逝，他才发现，原来，他始终都在眷恋着自己真正喜欢的东西，内心一直在向着那个方向出发。

做一个好孩子，听家长的话，就要放弃自己的喜好。那时候他以为应该听家长的话，很多年之后才知道原来是个错误。——可是，时光如流水，一去不回头。

另一个同学，明明喜欢体育，父母却非要逼着她学弹琴。父母说，弹钢琴能培养女孩的高贵气质，一个听着《致爱丽丝》长大的女孩，必定有着灵动优雅的气韵。在父母的心目中，女儿举手投足间流泻出的美，胜过了孩子内心里最真实珍贵的快乐。

“可是，”她伸出双手，阳光下纤长美好，她忧郁的眼睛里绝望深深，“我真想把我的手砍了，——如此，就可以不用再弹钢琴了。”

因为不是内心所爱，钢琴总是弹不好，而来自父母的压力太大，体育又不能学，她的青春沉郁迷惘。

终于有一天，幡然悔悟的父母不再强迫她弹琴了，可是，那最美好最珍贵的、可以为所爱所好疯狂的光阴，也流水一般无法回头了，她马上要面临高考了。

假如流水能回头，回到那心清如水心田温软的时候，就让一颗爱好的种子自由发芽，从容长大。生命，总是带着一些夙愿而来，拼却毕生力量，只是想要那一刻的激越啊。

清寒如风

教室里，学生们正在商量着如何筹办元旦晚会的事。平常相对沉闷的学习生活与这轻松的娱乐活动真是没法比，大家参与的热情一下子就飞涨起来了，就连性格内向的学生，眼里也流露出欢喜的神色。我走在他们中间，感受着这在学习重压之下蓬勃而出的青春朝气。

要装饰教室，还要买一些瓜子和糖果之类的东西，班长说，需要每人交两元钱。忽然，一个声音说：“这是我和李佳的。我先替她垫上了。”另一个女生手里攥着一张十元的票子说“李佳，你没钱了我借给你。”女生李佳无声地摇了摇头。

我的眼泪差点流出来。

真没想到，现在还有连两元钱都拿不出的学生。尤其，这个学生竟是李佳！教了她快两年了，印象里，她总是文静稳重的样子，叫人想起那个比喻：安静得像一滴水。而她的学习成绩一如名字一样，门门俱佳。特别是背课文的时候，每一次都是背得又快又好，流畅准确，从来没有任何一处的改动。不像有的学生，马马虎虎的，还不时中断，需要你提示才能接上。每一次李佳背完一篇文章，我总会惊喜地说：“背得真好！”而她，也总是安静地微微笑着。

我知道李佳文章背得好，学习好，形象气质也好，却不知道这很多“好”的背后，还有这样贫困的家庭在无声催化和砥砺。

这个安静的女孩子，默然无声里，背后有着一些怎样难与人言的故事呢？我不由得又看了一眼李佳，却在她身上，看到了自己当年的面影。

那也是这样的中学时代，也是元旦前夕，大家互赠贺卡，小小的卡片，上面印了精美的图片，一张五角钱。几乎所有的同学都买了，忙着写赠言，甚至让我帮他们编写赠言。那时候我的文采比他们都好，可是，除了生活费，我没有多余的钱可以买一张贺卡。小小的心灵，在巨大的落差里，知道了人与人的不同，也知道了自己除格外地用功之外，没有任何可骄傲的资本。

就是在那时，我开始养成了沉默和安静的习惯。多年以后，不止一个人看着我细长的手指说：“这是一双可以弹钢琴的手啊。”我安静地笑了。如果我出生在一个城市家庭，有着不错的家境，或许，这双手真的可以弹奏出最美妙的乐音。不过，也没有关系，此生，这双手不能在琴键上弹跳，却能在电脑的键盘上灵动地舞蹈，不也是不错的事么？

“女孩子的沉默和忧郁，也是优秀的一种表征。”我想起了有人曾对我说过的这句话，现在把它用在李佳身上，不是同样合适吗？

真想对她说，年少的时候，穷一点也没有关系。因为物质的匮乏，心灵才会在伤痛里变得坚韧，人才能懂得珍惜，而青春也因此脱去浮躁之气，有了沉甸甸的内涵。那些曾经难言的苦，那些默默流过的泪，终有一天，会以令人意想不到的方式，为生命镀上一层金子般的底色。

走出教室，冬日清寒的风扑面而来，一如人心里冷暖交织处的疼痛，耳畔仿佛听到有年轻的声音在朗诵雪莱的诗句——冬天来了，春天还会远吗？

是啊，那从寒冬里一路走来的生命，会更能感知到人生春天的温暖和明媚。

平凡真好（外一篇）

一

从有些阴冷的屋子里出来，一走上三楼办公室，我就连呼“后悔”，出来得真是太晚了。

冬天的阳光明亮得宛然如金，仿佛直照进你心里去了。只有在这样的情境里，你才能真正明白什么是明媚。天空是无边无际的蓝，没有一丝一缕别样的色泽，只有见了这样的蓝天，你才会真正明白什么是纯粹。

仰头看天，人会感觉自己很渺小，可是，我依然感到单是活着就很美好。

我的办公桌靠着后门，无意间竟成就了冬暖夏凉的好。夏天可以开了门通风，有谁进出校园我必尽收眼底；冬天阳光正好照在身上，有兴致时还可以搬了椅子坐在阳光里。唉，冬天里时时有阳光照身，真是太美好了。想到这一点，我不由得心生感恩。

学生的作业总是潦草幼稚得叫人头疼，耐着性子批改吧，他们毕竟还是孩子。就当他们是自己的孩子吧，这样就总能看到进步，总能获得安慰，也总会心生希望。有可笑之处，大家就开心一笑；有可恶之处，也不妨感叹一回。人世千差万别，方显多姿多彩。

课间到了，那些青春的身影都跃动起来。做操，虽然动作参差不齐，你居高临下看了，却也自有一种稚拙可爱；跳绳，人上下翻飞，霎时间绳子齐齐击打地面，竟仿佛下起了急雨。

就这样，气定神闲地坐在明媚的阳光里，看天空，是分外诗意的蓝，看活泼泼的孩子们，一个个都可爱如小马小鹿了。

看这平凡的生活，原来如此美好。

我想起每每感到教师工作的种种烦恼，那些曾经纠正我思想和认识上偏颇的声音：

干什么都会有烦恼。社会太复杂，你这样的性格，做老师其实挺好。

你不知道做老师有多好。与世无争，单纯干净，虽然会有晋升职称的竞争和压力，但是，你可以选择不要啊，而且教师面对的是学生，不用担心那些意想不到的伤害。

……

是的，这样其实很好。无须风吹日晒，可以从容保持一份优雅。更重要的是，和青春纯净的孩子们在一起，远离世俗的淆乱，人心里便会永远有青草一般的希望和葱茏葳蕤的生机。

有梦想在前方招引你不停歇地奔跑，有于细微之处感受到的幸福，这平凡的生命，原来也可以这般——含笑优雅，熠熠生辉。

平凡真好！

二

每年冬天，总能在校园里看到这样的景象：一些男人搬了梯子，拿锯把那几棵垂柳的枝枝杈杈都锯掉，只剩下光秃秃的主干。我走过，隐约知道这样做的用意，大抵是为了积蓄能量，减少消耗，来年春天可以更加枝繁叶茂。

后来在街上闲转，也常常看到这样的情形。锯掉枝杈的有些是槐树，曾有着清秀的枝叶，会结肥胖的槐角。常见有人用长竹竿把槐角打下来收藏，蒸了之后拌蜂蜜冲茶喝，据说可以清咽去火治咳嗽。我注意到，修整后的槐树，都是在主干处留了一两个枝杈，一律向上伸展着，别有一种清朗之美。

较多的是法国梧桐，又粗又长的旁逸斜枝一锯掉，被遮掩的天空就豁朗了，感觉视野一下子开阔起来。

花坛里的月季花枝也齐着地面剪掉了，看着叫人有些心疼，因为曾经开过那样美丽的花朵儿，现在花落了，人怎么就狠心剪掉枝叶呢？转念一想，剪掉了也好，来年春天，那随着地气回暖而爆发出来的花事，会更加凶猛不可抵挡，那花儿会开得更艳更美了吧。

我带着孩子走过，便心有感慨，告诉孩子说，家长和老师的批评就像给你这棵小树修枝打杈，是想让你长得更粗壮呀。

孩子笑了，调皮地反驳："你们大人就像大树，大树树杈更多，更需要打杈了！"

我一愣，想想说得也是。小树要及时修枝打杈，却常常忽略了大树的枝杈其实更多。成年人的世界里，那此起彼伏的欲望和斩不断理还乱的诸多牵绊，就仿佛是生命这棵大树上蔓生的枝杈。这些枝杈，无谓地消耗着生命的养分，就像本来清明的心志在有意无意的忽略和纵容里渐渐被磨掉，使本来执着的信念无奈地淡去，却结不出有价值的果实。就这样，人因为身不由己地分散了精力，岁华摇落，终至芳意无成，真是人生之悲！

园子里那些花草树木，凡是被修整过的，都有模有样地呈现出各种造型，街道两边的法国梧桐留下的枝干很少，却都很粗壮。

人也该对自己修剪一下，勤于审视身心上长出的那些轻狂的枝杈，并及时剪除，以保有充沛的精力，才能朝着理想的方向发展，让生命之树呈现清朗之美，让生命之花结出丰硕果实。

轻飘飘的时光

电视里回放着三十年前歌手们演唱时的情境，那些曾是惊鸿照影的容颜，大多已被岁月打上沧桑的烙印。一番比照，怎不叫人感慨这光阴的可怕——清音依旧在，只是朱颜改！

光阴是一条河吧，它不舍昼夜地流走了我们青春的容颜，还有梦想的样子。日日照镜子又如何，镜子它不会说谎，总是忠实地映现出我们现时的模样；他人才是最好的参照物吧，活生生地往眼前一站，你惊喜地认出多年前的那个人了，可是，他又全然不是当时模样。

一个女人，就是这样地，从光阴的那端，悄然映入我的眼帘。

那是在教师进修学校学习时，忽然瞥见的面容。那一瞬间只是觉得有种莫名的熟悉和亲切，似乎在哪里见过，一时却又想不起来，于是便多了一些对她的关注和打量。

这是一个四十多岁的女人，短发，偏瘦，戴着眼镜，穿着普通，没有个性，一转身就想不起来了。给我留下深刻印象的，是她那发黄的脸色，一下子就叫人想起“黄脸婆”这个词来。

师生之间，素来是学生记得老师，而老师记不起学生的情形多吧。我想，她当然不会知道我对她的莫名亲切。

在这想不起却又总觉熟悉的煎熬里，后来有一天，休息的间隙，我安静地坐着，听几位年纪稍大些的前辈们谈论起各校有关职称评定的事，那些叫人无语的操作和潜规则，那些已经过了独木桥和尚在排队等候的人。就是这时候，我忽然听她们谈论起一个名字，说桂珍怎么怎么，不禁心里一动，桂珍，是我的地理老师刘桂珍吗？

因为彼此陌生，我还是不便就此冒昧地前去询问——问了又如何，真的是她又如何？

那天下午学习结束，我耽搁了一会，走得有些晚，不想正好看到前辈在我前面推着车子走。为了打破心中的疑团，我到底是快走几步赶上了她。问起她们谈论的“桂珍”，她说：“是呀，是刘桂珍呀，我俩一个学校。”

那些记忆中的情景便清晰地涌现出来：那时，考上那所学校是一件颇为荣耀的事，而刘桂珍是我初一的地理老师，刚从师范院校毕业的年轻女子，也是短发，瘦弱，说起话来细声细气，穿黑色长裙，那裙子的式样和饰物到现在我还记得很清……

她说：“刘桂珍现在都四五十岁了，胖了。”

可是，我的记忆，一直都停留在那时候了啊，那些教过我的老师，也永远都停留在记忆中二十多岁的样子，不会老，也不会胖。

我们又谈起这些年学校的兴衰演变，我说：“因为自己是从那个学校出来的，所以，我永远都觉得那个学校好，无比的好！”两个人便都笑了。

我们在一个路口分开，她推了车子要返回学校去。我望一望那个方向，人海茫茫，隔了二十多年的光阴，那条通往学校的旧路再也找不到了，就像我们触摸不到那些过往的日子都跌落到了何方。

是啊，我自己现在都做教师有些年头了，我的老师们怎会不老呢？时光是多么轻悄的一种东西，似乎只是一转眼的工夫啊。

后来，我终于想起，那个戴眼镜的脸色有些黄的女老师，真的就是我们隔壁班级的历史老师——那时候，她是多么年轻美丽的一个姑娘啊。

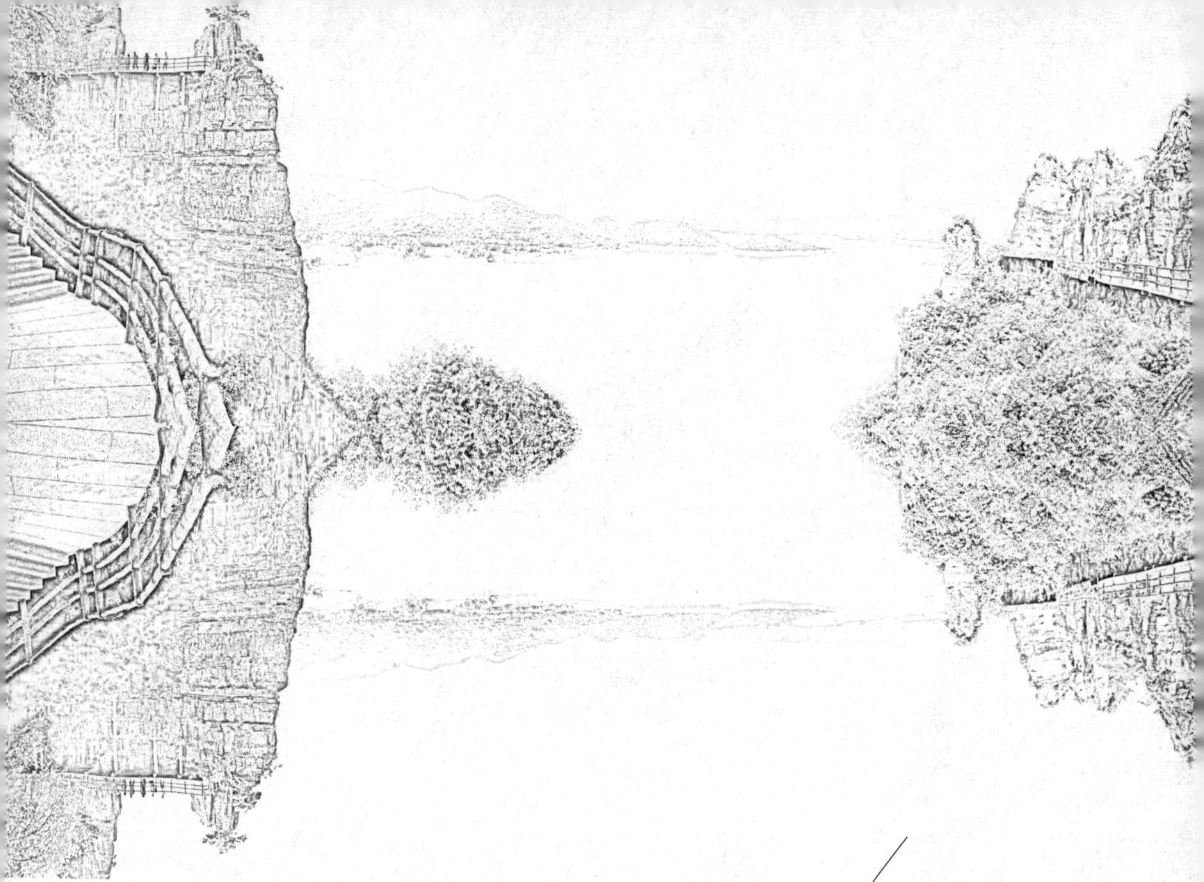

第四辑

吹梦西洲

每一年，当着鞭炮声声辞旧岁的一刻，年少时的那些记忆就会纷纷回转，在一刹那的恍然里，我似乎又触摸到了生命里那纯粹的欢喜和简单的幸福。

——《那时我们年纪小》

从冬天出发

冬日的气息，冷冷清清。行在路上，总见有穿了黄马甲的环卫工人，在路两旁的花圃里忙活。春天里，他们在花间除草，笼了诗意却不自知；夏天和秋天里，他们拿了电锯，把女贞子修剪得平整如席；冬天，万物都敛藏起来，闲闲地萧疏了，他们还要忙什么呀？

我从他们身边一晃而过，那些一闪念间的疑惑也倏忽而散，却在有一次的目光触及里，蓦然发现，那些风景树和银杏的枝杈都被锯掉了，只留下三四个主枝，短短地支棱着，简约而又直接，仿佛在诉说着什么。

我知道，这是为了减少能量消耗，积存养分。来年的花事太宏大激越，它们得及早准备。

而我们，总是在春天的豪奢绝艳氛围里，才惊觉每一株花草的强大爆发力，惊觉人类生命个体的渺小单弱，却忽视了，即便是神奇的大自然，即便是生生不息的千年银杏，即便是今年谢了明年还可以再开的花草，它们也需要经历一个漫长寒冷的磨炼和积淀过程。

如此，才能有春夏里的繁盛葳蕤，才能有秋天里的硕果累累。——看似漫不经心，回顾这全程，它们一直都是在多么勤奋地发展着自己，多么有计划地完成着自己呀。

相对于我们这短短的一生，它们就像长生不老的神仙一样呢。造化不言，却以花开花落来隐喻，以草木荣枯来暗示。

奈何，很多时候，人类的心智是如此混沌难开。我们像一个个懵懂的孩童，张着迷茫的眼睛，还不曾看明白想清楚，心花才含了苞打了朵儿，匆忙里，光阴就完成了这一世的轮转，转眼就已天凉好个秋了。

闲来，我去看时装，感受美。一个顾客担心那件衣服有点薄，女店主说：“过了年，正月里就打春了，很快就春暖花开了。——快得很呀！”

是啊，看看又是一年的光阴将尽。今天正在通往明天的途中，春天，已经从冬天出发。

所有春暖花开的梦，都从沉静内敛的冬天出发。让我们，也从冬天出发！

善缘如花

一场风雨之后，天朗气清，心情格外舒畅，我想起，似乎很久没有去看窗外那些花花草草了。我惦记的，是那会开出蓝色朵儿的不知名的小花。

去年春天，从李宁体育园里移栽过来，它们从春天开到夏，一直到了气息渐冷的秋，也还是开着。细碎的叶片，纤长的枝条，无限娇弱地在风里轻摇，惊艳的朵儿像绝丽的绢花一般，没见过的人不知道它的好，见过的人却又无法形容它的清妙。

等它们结出圆圆的籽实，我小心收藏着，希望来年春天，还能看到它们雅致如兰的浅笑。

走过漫漫长冬，在冷与暖的无数次交锋之后，温度终于平稳回升。看看草儿都活泼泼地长起来了，我欢喜地找出收藏的种子，拿小铲子翻土，撒籽，浇水，再盖上一层薄土。

种子种下了，那长久以来揣得温热的希望便也似落了地，盼着它们早一日发芽。

我以为，所有的种子都会在温度适宜的土壤里苏醒，就像，前世定下的心灵之约，终会在今生开出美丽的花朵。

可是，一等，再等，种子还是不肯发芽。有好几回，我看见土里钻出了小小的脑袋，欢喜地蹲下去细看，却是不请自来的野草花。

我有些感伤了。它们是不喜欢我，或是不喜欢这里的环境吧？任我再怎样心心念念，也始终是恼人的沉默，冷冷的拒绝。

火热的心渐渐淡了，冷了。我尽量不去触碰这一块心伤，只记得，去年开了又落的凤仙似乎又发芽了。

这一场风雨，应该松软了泥土，我想起，该是把它们移栽到空阔一些的地方了，那样拥拥挤挤地待在有限的空间里，我怕它们都长不好。

待我漫不经心地走近，一抬眼，蓦然惊觉，我那久久不曾收拾的小园，不知何时，竟绚烂成了一片繁茂的花海！

蓝色的小花衬托之下，那些先前在我脑海里只是张着两片肥厚叶子的小小凤仙花，如今也已经长得及膝高了，密密的一大片，大红也有，二红也有，都安静蓬勃地开着。

在那许多被我冷淡的日子里，它们只是安静地成长，含苞，也许，只为这一天，——我一时兴起，想起它们并来看一眼的这一天呀。

或者，即便我不来，它们也会努力盛放，就像去年、前年，就算它们不开花，我依然晨昏为它们浇水，一盆盆地费力从水池上端过来，小心地浇在它们根部，唯恐它们旱着，又唯恐它们倒伏。

草木一秋，人生一世。我终于可以释怀。一切善缘都是这样的吧，像凤仙花之于我，前世今生，彼此惠泽，两不相负。

我忽然想起一个快要退休的老人的话。他说，从前在工作和生活上也曾跟一些人意见不合，耿耿于怀过，心怀忐忑过，后来终于明白，广结善缘，才是化解矛盾的最好法宝，才能在人生的风雨面前保持淡定和从容。

佛家常说，要“广结善缘”，人类先祖一定是以烛照千秋的慧眼，洞悉了善缘背后的这一份怡人花香。

是的，善缘如花。这一世，我们该怎样去珍爱和宽宥，去付出和收获？

把生命开成花

那是多年前的一个冬天，我帮老师校对书稿。中午，他做了我爱吃的米饭，居然把胡萝卜切成了花朵形状。白米饭上撒着一朵朵美丽的花朵，叫人想起“看红装素裹，分外妖娆”的情致。不过是寻常的米饭和炒胡萝卜，却因了这一点小小心思，那一顿饭，在我心里留下了永久难忘的美好印象。

一日心情闲逸，做饭时忽然来了兴致，也想把胡萝卜切成一朵朵花。

我买的胡萝卜是表皮深紫、被誉为“腊月里小人参”的那种。洗掉浮灰，那紫色醇厚美好，叫人想起玫瑰花的色泽。要想切出花朵形状，必须用刀在它的光滑表皮上割出一道道的伤口，还得把“肉”剔除掉，宛如挖出一条条深沟，如此，才能塑出花瓣的立体感。

我拿起闪着寒光磨得锋利的刀，准备模仿老师的刀法，来一次艺术的创造。这时，忽然觉得水灵灵的胡萝卜，光润美好得如同一个血肉之躯，轻微的触碰，就能伤了它，叫我怎忍心下手？

可是，不下手切割它，不狠心伤痛它，就没法刻出花朵呀。就像一块石头，艺术家若怕伤着了它的心，不反反复复雕刻，那栩栩如生的形象又从何而来？

如此反复四次，光洁的胡萝卜形体上，便现出了四个深沟，可以看到最里面的黄心儿。我有意识重复着，把那沟挖得深一些、宽一些，这样，那花瓣出来就会精致好看一些。

接下来就是见证奇迹的一刻了。我把雕刻好的胡萝卜沿横截面一切，一个四瓣的萝卜花就出来了。这时候，那黄心儿竟是精致的花蕊，有着一圈天然细密的纹理。黄色的花蕊，红色的花瓣，外围镶着一圈儿深紫色的边儿。如此绝妙的搭配，叫人疑心，一定是那淘气的精灵偷偷包裹了一层外皮，等着那同样机巧的心眼儿去敏悟和揭开谜底。

我拿刀每切一下，就切出一朵花来，不停地切，案板上就开出了一大片花。我高兴得心花怒放。放盆子里淘洗，它们又漂在水里了。我的心里，立时竟有了“片片桃花逐水流”的情致了。

不过是平平常常的一个胡萝卜，摇身一变就开成了花，怎么看怎么叫人欢喜，不要说吃了，单是想一想加入几丝青菜来炒的情形，人就要醉倒了——翠绿的青菜是花枝，胡萝卜的红色花瓣是精巧的朵儿。这哪里是吃饭，分明是在享受画意诗情，分明是在感受创造的快乐，分明是在品味幸福人生。

胡萝卜若是开成了花，到哪里不受欢迎呢？生命若是在光阴里历练成了一朵花，到哪里不熠熠生辉呢？

可是，回想刚才制作的过程，就仿佛是剜心割肉一般，令人寒心。原来，大美都是从大痛中分娩出来的，就像，每一个天使般的婴孩的出生，都是伴着母体的撕裂般痛楚一样。

没有一个母亲会因为怕疼而拒绝生产孩子。——每一个生命，原来都是可以美好如花。每一个生命，也都有着花朵一般美好的潜质。当你感觉苦痛的时候，也许，就是上帝对你青眼有加的时候。生活用无形的刀子雕刻着你，让你生命的花朵渐渐成形。最终，伴着那最疼痛的一次切割，你的生命便花开朵朵了。

繁花次第开

还在为陌上杨柳泛出的一丝丝新绿雀跃不已，转眼，竟又是一年桃花红梨花白了。

我骑车行在路上，竟似一路都徜徉在花海里。桃花开了，不是稀稀疏疏的三两枝，而是一大片一大片，远远望去，艳粉娇红，果真像天边的云霞。走近了，却又分明是女子含羞的脸，最是那一抹动人的胭脂红，晕染出无边的诗意，饶是心肠再硬的人，也忍不住浮漾起缕缕柔软的情思来了。

有时候我从商场的化妆品专柜走过，见有年轻女子正对了圆镜往脸颊涂抹腮红，抬了头，瞬时便有了面带桃花的娇艳，无端里也便似有了几许古典的韵致。想想，那真是极乖巧的女子，钻到了人心里去了，知道人面桃花的美是怎样无可比拟的一种曼妙。

也有梨花，素雅贞静地开在枝头，远远望去，雪片一般笼着。走近了，越发洁净得幽凉沁人，它们美好得叫你生出无限的占有欲来，却也叫你不忍亵渎，最多走近了闻一闻，疼惜着它们，压抑着自己，所以，那攀折的手怎么也伸不出。

我想，这就是梨花的好吧，不是白纸或雪地一样总叫人想在上面留下自己痕迹的白，而是能使人自觉过滤掉天性里的贪欲，是否，这就是一种四两拨千斤的大智大巧？

在这色彩的世界里，除了金黄的油菜花，最夺人眼球的，应是那些花开满枝的碧桃了。

从前我一直以为那是梅花，觉得花朵的形状很相似，不同的是，梅花是单瓣的，而且应是凌寒独自开的，这一种却花朵繁复且重叠，色泽浓艳，红的艳红，白的雪白，那爆发力强得惊人。一树一树的花开，宛如鬼精灵的女子，小眼睛一眨，那主意就一个一个地冒出来了。

人在这盛开的花树前，只觉得自己成了点缀，而这些花儿们才是春天的主角，才是生命和美的主角。再踌躇满志的人，也不由得感叹自己的渺小和单弱了——拼却浑身力量，也无法抵达这春花一般绚烂的境地啊。

可是，它们今年开了谢了，明年竟松松爽爽地又含笑春风里了。造物主真是偏心眼儿呢，让它们集中了几乎所有的色和美，一年年这样蛊惑人心，你都觉得自己沉醉不知归路了。可是，那些花儿，那些占尽人间春色的碧桃们，它们一脸无辜的样子，叫你嗔怨不得呢。

那些穿了黄马甲的花工，有的在路边闲坐着，有的拿了花锄侍弄花下的野草，那情景真是羡煞人。想想吧，阳光明媚，清风徐来，在春暖花开的氛围里，悠闲地为花儿们松土锄草，一转脸，一错肩，尽是花儿们妖妖娆娆风情无限的样子，哪里还有什么苦和累呀。——他们是否意识到，自己其实是劳动在画意诗情里，在最远也最近的幸福生活中？

走马观花地匆匆而过，我总会想起这样的诗句——

“如何让你遇见我\在我最美丽的时刻\为这\我已在佛前求了五百年\求他\让我们结一段尘缘\佛于是把我化作一棵树\长在你必经的路旁\阳光下慎重地开满花\朵朵都是我前世的盼望……”

总觉得有负这一年一次的花儿们珍重的开放，所以，我忍不住停下来，近距离地观赏。

——年年岁岁，我是痴情的看花人，只为冥冥中结下的这一份心灵之约。我耐心地熬过许多凄风苦雨的日子，当着春暖花开，安静里，从不与人言说，为何我的欢喜总是溢满心怀，只因，只因我感知到了你花开朵朵的期待啊。

我来了，素心花对素心人，穿越千万人海，不负如来不负卿。

我来了，投身花海，亦让心灵绽放。

碧桃树下，一蓬三叶草正青翠葳蕤，今世，就让我化身为这一汪青碧吧，且让我与你，叶与花，两两相望，心心相契。

我正与花呢喃，一个女人带着个四五岁的小男孩来了，以为也是看花，却不料，女人上来就伸手，一边对孩子说：“妈妈给你折一枝。”手下一用力，枝上的花瓣就被抖掉了，小男孩的声腔里透着一种惋惜：“花儿都落了！”一边低了头去捡那落花。

生活中再庸常不过的一幕，粗心的母亲，带出来的却是一个从小就知道怜香惜玉的孩子。这样的两个人，真叫人又是遗憾又是欣慰。

这一个春，我从花海里走来，走进最深的红尘里，心灵也悄悄打了朵儿，在这又一个春夏秋冬的轮回里，恰如繁花，次第开放。

花开的声音

在这人间四月天里，每一日，我都要从一个开满鲜花的门口经过，看花儿们开得正繁盛热闹，总不由得会想起一句话：风景这边独好。

其实并不是什么名贵的花，不过是小小红艳的太阳花，日出而开，日暮而合，却娇俏艳丽，拥拥挤挤地开成了规模，像华丽的毯子一样，满目锦绣地铺开去。在这细碎小花的衬托里，还有一丛红蔷薇，大朵，单瓣，活像清纯的单眼皮女生，清贵脱俗的气质，使她越发显得与众不同。

每次我匆匆走过，这里都是生意盎然的样子。蝴蝶在上下翻飞，小蜜蜂在嗡嗡采蜜，花儿是安静无语的，你却宛然听到了她们调皮的欢笑声——

“我在开放！”这是花儿的声音。

“我在忙碌！”这是蜂蝶的声音。

看着花朵与蜂蝶自然和谐地彼此成全，相互承欢，人会蓦然觉悟到一种深刻的存在感。

“我走过！我在看！”生命在此一时刻彼此对照和反观，见证了一场偶然和必然的遇见。

一天，我又从这花前走过，看主人拿了相机，弯身给这蝶恋花的一幕拍照，不觉心里一动，不由得慢下了脚步。花与蝶是各自爱惜这春光的，而它们在当下的活泼恰如一双温柔手，牵引出了人心里对自己生命的欢喜和珍惜。

“你真是会生活，养了这么多美丽的花。”我由衷地对主人说。

“其实，你也是一朵花呀，你也在开放。”她莞尔一笑，随口说道。

没想到，主人会有这样的表达，我不禁一怔。

那一句意味深长的话引发了我的沉思。是呀，每一个生命不都是一朵花吗？来去如飞的许多时日里，我们随同万物一起经历寒来暑往，一起感受四季轮回的细微变化，只不过，植物的抽芽含苞绽蕊看得见，人的欢喜包藏在心里。可是，有多少时候，我们还是听到了心花怒放的声音，那是飞扬的眼角眉梢，是荡漾的满面春风，我们的心花掩饰不住地开在了脸上，或者，是不动神色地氤氲在了精神的天空，烟花一般，灿若云霞地盛放。

曾经暗暗为自己的名字有阳光有花蕊感到高兴，却没想到自己真的如花一般开放着呢。现在想来，生于这人间四月天的我，这一世，也许就是被造物赋予了一朵简单小花的使命，在属于自己的季节里，在繁花似锦的大背景之下，把心内的小小欢喜安静也嘹亮地绽开。即使是宛如一朵小小不起眼的太阳花，因为曾经激越地盛开过，生命已可以释然和安然。绚烂如一朵小花，我们有理由发出自己的声音。

此后，再走过这花丛，我会安静地微笑——我的生命之树也会这样地，在许多平凡的日子里，不负此生地花开灿然，同时发出自己细小但清纯的声音。

怒放的生命

每一天，我都要从一个摇曳着花草的门前走过。立冬已过，天气渐冷，有一天忽然发现，那丛丛簇簇的菊花，开得好热闹呀！

曾经看过菊展，所以我认得，它们的名字叫“冷艳”。

是紫红的大朵儿上泛着浅淡的白色的那种，望去，像笼了一层轻霜，透着薄薄的凉意，给人一种距离感。

在这草木萧疏、百花凋敝的季节，她们能以如此纤小之姿，挺立寒霜，鲜艳而又不张扬，真是叫人又是欢喜又是敬重呢。

我忍不住停下来，伸手摸一摸那花朵，就像抚着美人的脸；低头闻一闻那花香，就像感受她精神和灵魂的气息。——有色，有香，可是，相比那些春夏里的花花草草，她们越发显得内敛沉厚，标格不凡。

蕊寒，香冷，他们真的当得起这份“冷艳”呢。

主人出来了。我笑着说：“这花儿开得这么好，等明年春天发芽了，我也要栽几棵！”

没想到，主人却说：“哎哟！一年里就好看这几天！”话语里满是不赞成，嫌它们花期太短，单是这一季的绚烂，就要耗费三个季节的能量和心力蓄积呢。

我笑一笑，不再说话，心里却想：这花我一定要种！

与那些春花夏花相比，菊花算得上是笨拙的，不够聪明颖悟，也没有天时地利的先机可占。那么多花儿都争先恐后地开过了，那么多生命都风光嘹亮地展示过了，只有它，依然没有孕出足以点亮生命的朵儿。

它们也许叹息过，流泪过，可是，始终没有放弃。拼却一生心力，只为品尝一回这怒放一刻的滋味——哪怕笑到最后，也要笑得最好！

每次走过这些菊花，闻一闻花香，听一听花语，我都似获得了许多能量。——人生一世，草木一秋，其实，生命都可以活出一如菊花怒放的精彩，只需坚持一如鲁迅先生所言的姿态：不自卑，不自负，总是努力。

用一朵花开的时间（外一篇）

一

春来的时候，我的梳妆台上多了一个花瓶，瓶里，斜插一枝色彩浓艳的花，枝叶都映在镜子里，花与影便都不寂寞了。

每一天，我都会小心地观察这花朵的变化，可是，它似乎没有什么变化呢，依然是紧致的朵儿，一瓣瓣有着瓷实的质感。

我想，鲜花都是这样的吧。凑近闻一闻，不香，一点点香味都没有。如此，也不会再心生惘然，于一朵花，能修炼到如此美艳，也许已耗费了这一个轮回的心力，又何必再苛求它有扑鼻的香味呢？

以宽宥的情怀看花，花就开得简单美好了。若是以此般心情看这人世，也必会感受更多温情吧。

以后的许多时日里，这花伴着我，不萎不枯，叫我不由得感叹其生命力的强大。没有阳光，没有土壤，赖以维持生命的，只是这一瓶清水。可是，它静静地开放，花苞一天天膨大，叫人疑心，它会一直这样安静美好地陪着你。

有一天换水的时候，手指轻轻地触碰，一枚花瓣就无声地落下来了。落在眼前，也映在镜子里，两相萧索，两相阑珊。我知道，它已撑得太久，终于要凋谢了。先前的瓷实紧致不再，先前的光艳美好也不再。它松松垮垮的样子，就像人老珠黄的美人那皮肤松弛的脸，蓬头垢面懒梳妆了。

孩子们说："瞧这花，真难看！"他们和我一样，曾经欣喜于它的娇艳美丽，曾经欢畅于它把平凡琐碎的生活点缀，现在，竟也不堪其丑陋了。

我打量着它颜色发黑渐至焦枯的花瓣，不由得想起一句话：红颜自古如名将，不许人间见白头。想那英雄再怎样叱咤风云，若不曾战死疆场，也难免有老境凄凉的时候；想那美人再怎样灿烂如花，若不曾夭折，也必得经历迟暮的不堪。英雄末路，美人迟暮，那悲哀苍凉，想必就是这样的吧。

而人生的际遇，似在用这一朵花开的时间，点化和警醒我，那些于无声处的玄机。

二

上次折回的桃花，在屋子里居然养了快两周。先是明艳美好，等到所有的花苞都开过，便现出枯枝败叶的憔悴，一日比一日不堪看。凑近了细闻，不是清甜，竟然有一股刺鼻的怪味。

那桃枝上虽是萌出了绿色的嫩芽，到底掩不住颓败的模样。至此，我也没有了小心伺候的雅兴，终于丢到垃圾堆里去了。一面也不免叹息人性的无情，喜欢的时候，再远也要一路小心地拿回来，等到花落色弛，便无情厌弃。花犹如此，人何以堪！

想着那一片桃花林现在定然开得正妖娆，周日的时候，我又一次去看。然而，时不我待，桃花也不因我的迟来而等待。上次来时许多尚未开放的，现在都败落了，粉红的花瓣飘落一地，风一吹，无声地飘落流离。

我静立着，不禁心怀怅然了。在时光的流里，我们都是行走在单行道上的过客，各自匆匆，各自天涯。而桃花，兀自开落，你看过也好，不看也好，竟是如此的坦然、大气而又无情啊。

而我，却是自作多情了。以为它们会等待我回望的目光，一如奔赴前世的心灵之约。我又来时，你已不在，原来生命都在一刻不停地向前走，谁都无法为谁停留。再回首，情意已无处安放，低头，唯见花落，水流。

桃花依然在飘落，我也只好迈步前行。

在生命的单行道上，我们都身不由己。

种菜记

一

窗外有一米宽的小片空地，邻居都开辟了，种花种菜，我的却一直荒着。一日，心血来潮，也想体验一回脑力与体力劳动相结合的好，于是拿小铲子翻了地，去街上买菜籽。

卖菜的老人大概看我一副喜欢臭美的样子，极力推荐我买那种美容养颜汉堡菜。看时，包装上果然写着“美容养颜、降压去脂、抑制血糖、消除胆固醇”的字样，连带着特征特性、栽培要点、种子质量都一一做了说明，便欢喜地买了一袋回去，请教了有经验的人，撒籽，浇水，人心里便生出狂想，还没发芽，就似望见了它们在阳光清风里摇曳的样子。

不几天，地里果然钻出了一层密密的小芽芽，并迅速向着预期的模样发展。有一次，邻居在水池上洗菜，是嫩生生的生菜，有着裙裾一般的叶缘。我说：“是自己种的吧？”她点头，我于是说：“真的是种什么收什么呢。”——我想了更多的，是关于果报，关于前因，和这其中的起承转合。

出去玩时曾拔回来一丛蓝紫色的小花，妖娆妩媚一似绢花，却毕竟是真的，引得我晨昏久久在花前流连。想着如此绝致之美，总要绵延下去才好，不想，那种子却极难采摘。真叫人遗憾，仿佛有了美好的愿望，却终难触摸到现实的边缘一样。

也想起那开出美艳销魂花朵的罂粟，看起来是何其绝伦的开始，却生生导向恶之深渊里去了，那结出的果实大得赫然惊心。谁知道，会是一场要人命的噩梦呢。

于是知道，今世未必是前生的果报，今天却一定是明天的种子。人真应该在繁忙里抽出片刻闲暇，以朴素的心情面对哪怕巴掌大的一片土地，种一棵花一株草，看着它怎样一点点长成预期的样子。

也只有经历了这样的过程，人才会深深思考和明白，我要种下什么样的人生，撒播的是什么样的因缘，而不是在酿成恶果时才知反省。

——唯其如此，人才会慎重地审视和观照，从而在自然与天道面前，心存敬畏。

二

每天晚饭后到天黑前，是同事们奔走于各自的小菜园浇水、修整的时间。七嘴八舌的议论声从窗外传过来，我便坐不住了，起身也去凑热闹。

邻居的一小片地上早早撒了小白菜，我们每日里都要细细观察，看哪一天露出绿色的小脑袋了，哪一天展开两片小芽了。它们每天都给人不一样的感觉呢，就像这每一天的阳光，都新鲜如奶油一般。

想象里，小白菜应该是叶片舒展，鲜绿鲜绿的水灵，嫩得一掐一股水呢。可是，邻居却总是轻叹着说："我这小白菜就不见长呢。和人家一起种的，人家那里光线好，都快长成了！"

"看，好像还生了腻虫了！"她拨拉着一点都不鲜灵的叶子让我看，果真，有些叶子的边缘都卷起来了。

我再出去看，果然，几天不见，小白菜们是长高了些，却孱弱单薄，纤细得迎风欲倒的样子，烂巴巴的叶片也小小地蜷缩着，像一个个脸色萎黄的病人。

我想起来，前段时间因为砌墙，这里一片砖瓦狼藉的样子，于是说："也不怪它们呢，这里基础差，底子薄，光照又不充足。"墙外的大叶杨树一棵棵高大秀挺，枝叶繁茂，小白菜们可不正笼在这阴影里。

于是走过去看那些阳光充足处的菜们。生菜的叶片舒展得宛若女子美丽的裙幅；西红柿开着花，有的已经结了指头肚一般大的青果儿；豆角们肥大的叶片在风里轻摇，有的已伸出小手，等待着攀缘而上，好把长长的豆角垂挂；火红的石榴花燃烧得尤其热烈。——阳光下的一切都这样生机勃勃，有的是梦想，有的是希望。

于是想起那句老俗话："万物生长靠太阳。"这花草树木的叶片就像一颗颗小小的心吧，都向着太阳，企望能获得充沛的照耀，然后，在温暖的情怀里开花、结果，圆这一世的梦。

可是，有多少生命却落脚在阴影里，贻误终身，宛若无法抗拒的宿命。

不禁想起《道德经》里的一句："天地不仁，以万物为刍狗。"厚德载物的土地上，种下什么就能长出什么来，可是，长出之后成长得如何，能否结果，天地就不管了呢，听凭各自的造化。在这一点上，天地真的就像一个缺乏责任心的妇人呢，孩子一个个地只管生着，生了之后就不再管了，任他们一个个鼻涕四流，满地乱爬。

一次次惨绝人寰的大地震是最好的明证吧。天地若真有仁爱之心，既赐予万物生命，又为何无故降灾于这万物之灵长的人类？它对待万物可不就像对待刍狗一样，任其自生自灭。

原来生命都是孤雁飘萍，无论居留于光明或阴影里，都挣不脱悲悯的宿命。就像那些淹没在杨树浓荫下的小白菜，呼唤和渴望阳光是心里最温柔也最脆弱的本能。天上的太阳只有一个，可是，心灵若高贵起来，每个人都可以成为一轮深情炽烈的太阳。

是那些柔弱的小白菜告诉我，要做一个有温暖仁爱之心的人。

三

这一片小小的空地，前后都有墙夹着局限着，多么像短促逼仄的生。这一季，不管你清醒还是盲目，地上总要生长些什么的，勤勉劳碌会有收获时候的喜悦，散淡闲适也会有别样的风景。从终极意义上来看，无所谓好与坏。生命终不致空虚苍白，其实各有所得。

去年菜地里自己长了一棵指甲花，后来籽落地又很快长出来，不久就密密的满地都是绿色的小芽了。我看着，不由得就想，指甲花就像内心丰盈的女子呢，开一次花就是遭遇一场爱情吧，有的人受一次伤就再也没有爱的能力了，可是她不，勇敢地一次次盛放，总怕辜负这一场浩大的生。

春天时栽下的那一丛蓝紫色的小花，到了最后也垂下一枚枚圆圆的小包，剥开一看，里面有黑色的种子。因为花开得那样美丽，我晨昏里细细端详也看不够呢，就想再种下来，希望它们也像指甲花那样再发芽开花。

一旁有经验的人说，估计不行的，不是所有的花都像指甲花一样，还是把种子采下来保存好，明春再种吧。想想也是，但凡娇贵的女子，多心性高寒，必要倾注一生心力，在最好的时光里吐尽心事，一错身，就遗恨千年。

看着花凋后渐渐枯萎的植株，我一边采摘种子，一边想，下一年，这沉睡的花魂便会翩然醒来吧，也一定会许我一个春暖花开的梦。

花儿也是我的菜呢，是我的精神食粮。

四

当初我撒下那些汉堡菜和苋菜籽的时候，还担心会不会出，谁知，没过几天，那些小芽芽就团团簇簇地钻出来了，密密匝匝的样子，就像一群小孩子，围在一起叽叽喳喳耍玩呢。

种下的希望有了萌发，人心里一喜，就格外勤快地给它们浇水。

那些小芽越长越大了，问题也便出来了。

因为拥挤，它们都是纤弱黄瘦的样子，竞争着阳光和水土营养，就有人对我说："你干脆把那些长势不好的拔掉算了，否则，会影响得都长不成的。"

可是我舍不得。在我眼里，它们都是一样的好，就像自己的孩子，一个个都活泼泼地各有其可爱之处。于是就放任着自己的溺爱，看它们各自用尽力气在挨挨挤挤中生长着，虽然，我似乎都听得到它们的冲天怨气。

一场风雨之后，我又去看这些花和菜们，惊讶地发现，那些汉堡菜全部倒下了，而且露出白花花的细瘦的根。因为种的时候不曾用土掩埋，它们经不起任何风雨的摧折。与之形成鲜明对比的，是那些野生野长的指甲花，以无限强悍之姿，仿佛一夜之间就窜得很高，跋扈地遮住了我的菜苗。

我终于知道自己犯下的错了。以为最是心软心疼，其实是在害它们呢。趁着刚下过雨，泥土还是湿的，我把那些指甲花拔了，移栽到有着大片空处的花坛里。看它们一排一排地在风中摇曳，此后将会开花结果，我也吐出一口气，仿佛是给这些美丽的女孩子们找到了好的归宿一般。

这下，我的菜苗可以安心成长了。

又有人对我说："那些大一点的都可以吃了呀。"我心里一喜，都还没有做好心理准备呢，这么快就收到了回馈。

每一天我去买菜，在我眼里，它们就只是菜而已。它们所有的价值和意义，就是被我吃掉。我不会有一丝的留恋、犹豫和疼惜。可是，现在面对自己亲手种下的菜，我不由得就回想起了那些整地、松土、买籽、浇水的情景，只觉得这菜们与我有着千丝万缕的关联，无限亲切，无限美好，我都舍不得把它们拔掉，宁愿看它们一直长着，就好似亲人的陪伴呢。

便想起童话《小王子》里狐狸让小王子明白的道理：是你为那玫瑰所耗费的时间和精力，才使她变得如此重要。

是的，真正持久真挚的人物和事物，从来都是缓慢地、一点一点地走入我们的生活的。日久之后，回头再看，才会发现，它们已经是你生命的一部分了。

我自认是三心二意胡乱种菜，菜们却给了我无限多灵性和启迪。我欢喜着它们，因为它们是我的菜；我欢喜着这样的生活和人生，因为，这过程里弥漫着我精神和心灵的气息。

种花记

一

一日去菜市场，见有卖花的，青枝绿叶间红花妖娆，看着可喜，卖花人一招呼，我就挪移不动脚步了。

那些灼灼美艳的名花贵草我侍弄不了，还是“小蕾深藏数点红”的海棠花合我心意。我知道，海棠花期长，生存能力又强，只要有一抔土，点滴清水，就能含了笑，伴我一日日。

好花无重数，独独欢喜海棠，其实，爱有原因。我想起的，是元好问《同儿辈赋未开海棠》里的句子：“爱惜芳心莫轻吐，且教桃李闹春风。”——红尘紫陌，这繁华恰如桃红李艳，我白素心对花，两相缠绵，不争不羡。

寻常日子，亦有小小欢喜，那在绿叶间隐闪的一点点红，是欲说还休的心意婉转。

看我买了花，面熟的卖菜人笑说："这花可得天天看才好呢。"我一愣，旋即有感动氤氲心头，这老百姓的大白话意蕴深远呢——花开有多美，看花人心里就有多欢喜，每日里看一看，笑一笑，日子也该盈满灵动与静好了吧。

回去要移栽到花盆里，是从前栽过花的小小陶瓷盆，想把里面的土倒出来，胡乱在地上一磕，竟裂了一条缝，掉了一块，真是弄巧成拙。

心里遗憾着，将就把花连土塞进去，终究难看，于是想起屋子里还有一个比这要精致得多的花盆，便拿出来重新"搬家"。动手去换，忽有痛感，一看，这花盆的缺口竟把手割破了，虽是极细的一道，终究是流血了。

"我把它打烂，它就割破我的手指呢！"我扬起涌着鲜血的手指让一旁的同事看，语气里满是对这瓷盆的责怨。

"你伤害别人，别人也会伤害你。其实是自己伤害自己呢。"同事含了笑说。

可不是？天道无语，却玄机森然。

我按住伤口，血很快凝住，不过是细细的一道伤，却火辣辣的疼。我知道，手上的伤口很快会弥合，可是，花盆呢，它的伤口豁然洞开，再也不能完好如初。

我懊恼着自己的鲁莽了。转念一想，也许，这是花儿给我的警示？——种花如此，与人结缘的情形也是这样吧。在人心里种花，花会留香，在心里划了伤，实在是伤人伤己啊。

天空没有留下翅膀的痕迹，鸟儿已飞过；花无语，我已聆听过。

二

那天中午，我见到了仰慕已久的书法家。

书法家被在场的人称为“大师”。我心里一震，油然而生敬意。在我心里，能称为大师的，理所当然是七老八十，留着一撮花白胡子的吧。可是，众人口中的“大师”，却是一个浑身透着艺术家气质的年轻人！

他又是如此平易，在辽阔的大世界里转了一圈，回到家乡来，仍然和我们说着家乡话，叫人感觉，他似乎不是那个曾在国际上获得过一等奖的名人大师，而是亲切随和的家乡人，就像身边的这条珍珠河，那么自然亲和地流淌。

平素，我只知珍珠河水流清澈，见到大师，才觉“珍珠河”这名字真是好。一方水土养一方人，也只有钟灵毓秀的珍珠河，才能哺育出这样有着珍珠一般性灵的人物吧。

珍珠河，一条孕育珍珠的河！

众人仰望书法家，只见星光璀璨，而书法家却自我介绍，他这条艺术之路，自有一番坎坷。

“那时候，我在深圳，最穷的时候，连一百块钱都拿不出来了。父母日益年老，我却养活不了他们。大城市高楼林立，却没有一间是我的；大街上车流滚滚，却没有一辆属于我。我这样努力，付出了这样多，上天却还是把我逼向绝境。

我愤怒了！

我把这生命的悲愤，这内心的呼号，画成了一幅画——一棵几欲断裂、仅余最后一丝维系的枯树，树上站着一只仅剩下一条断腿的受伤的小鸟。

所有的线条都是黑色，就像我受伤的绝望的心。

那时候，电视上正播《赵匡胤》。有一句台词道出了我的心声：‘世界之大，却没有我的立足之地！’

我把这句话题写在了留白处。

一个朋友把这幅画带到了法国，参加国际华人书画大赛。

我没想到，这幅纯粹宣泄我内心最真实情感的画，竟获得一等奖，而且，成为我一生的转折。”

“一个有着纯正艺术追求的人，一个执着追寻梦想的人，原来，上天是不会辜负他的啊。——我那在苦痛里挣扎和动摇的心，一下子坚定了，又老老实实地回到了艺术之路上。

经历了这么多，我才明白，原来，上天真的是公正的。——抛开所有虚浮的东西不说，若非生活把一个人逼到了真正愤怒的地步，他就不会爆发出伟大的艺术创造力。”

书法家的讲述里，语气平静，我却听出了其中心涛汹涌。我想知道的，正是一个有着纯正艺术追求的人，他的人生，是如何从山穷水尽，导向柳暗花明——那华丽而又疼痛的转折。

人群里，书法家言语不多，却自有一股难掩的卓越。他漂洋过海，用他半生经历，给我带来了关于艺术、关于人生最珍贵的励志故事。是的，对于一个历经磨难、终于熬出新境界的人来说，再多的掌声，再多的恭维，都是无谓。他知道，最难忘、最珍贵的，是那华丽而又疼痛的蜕变。

非得到了这样的时候，我们才能明白，原来，上天是立意要把他雕刻成最优秀的书法家呀，——岁月这把刀，可似他手里的刀笔，如此疼痛，又如此温柔？

现实往往会逼你成功！

我相信，艺术的极致，是相通的。——无论是写作还是书法，都需要有着一股纯正的精神追求。

欢喜里，真的愿意相信举头三尺有神灵。——上天一定是窥破了我心里的游移和挣扎，所以，安排了书法家用他的故事坚定我守护梦想的信念。

那么，就坚持走下去吧，直到，直到柳暗花明的时候。

走近止观斋

张天有老师的止观斋，一直以来，都是我想去又不敢轻易去的地方。

想去，是因为，那是书法爱好者和鸿儒们聚会的地方，而我未曾用心习练过书法，在行家面前无法自持。来此切磋论道的文人雅士，又都学养深厚，蓄积非凡。每个人都是我的老师，我愿聆听教诲。

不敢去，是因为，张老师把家里布置得宛若艺术长廊，门口养花植草，室内字画装点。每一个角落都纤尘不染，无声流泻着主人不俗的品位。我总是怕，自己一身凡俗之气，会叨扰了这里的清雅，怕自己的渺小浅薄，会沾染了这里的阳春白雪。

从前我去求过两次字，一次是写“琴心凝香剑胆如虹”，一次是写“笃志慎行”。来求字的人络绎不绝，而我，必要亲看张老师如何铺纸、蘸墨、运笔，如何一挥而就，仿佛见证一场奇迹的诞生。唯其如此，才能相信，这样好这样美的字，是真的出自一个人的手下笔下呀。

一向心思素淡的我，到了张老师这里，忽然就滋生了无限多的贪婪，哪一幅字都觉得好，并因为这无比的好，而想据为己有了。并且，我会理直气壮地认为，这样好的字，谁见了不想要呢？我想要多收藏一些，应该也是很正常的吧。

而张老师是如此地热情好客，总是亲手沏了香茶，捧给你。那一种亲切殷勤，直把文人雅士的谦谦君子之风，发挥得淋漓尽致。

走近止观斋，总是觉得眼力不济，赏玩不够，因为到处都是字，到处都是艺术的美。真草隶篆，颜柳欧赵，前贤今人，无所不有。在这弥漫着古典气息的艺术书斋里徜徉，人会感觉心神宁谧，红尘嚣乱已远，唯余精神高地的这一方净土，在每一个执着寻梦的人心头，永远绿意盈盈。

临走时候，我总是又忍不住开口，问张老师要了这幅要那幅。他总是乐呵呵地取下来，小心折叠，用精致的袋子装了，郑重地交到我手里，嘱我若是装裱，要拍照下来让他看看效果。

写和送的人，如此庄重谨慎，而我这贪心不足的人，就像是一下子得了珍宝，更是满心欢喜。

一个个平常的方块字，因为注入了对美的锲而不舍的追寻，闪烁着个性的风采，熠熠生辉，令人觉得美妙，不禁赞叹，忍不住地看了一遍又一遍。

张老师自幼受家庭熏陶，爱上书法，五岁时即已捉笔练字。在三十多年的语文教学生涯中，他注重书法教育教学，摸索出一套速效教学方法，先后在省内外不少学校任教书法课，并参与《书法教程》一书的编写工作。

笔耕不辍，志在砚海。张老师以其执着的追寻精神和敬业乐群的人格魅力，赢得了书法艺术界的高度评价和文朋诗友们的敬重拥戴。

“淡泊明志，宁静致远”，“养天地正气，法古今完人”。厅堂里悬挂的一幅幅标格不凡的字，既是张老师的艺术追求，也是他的精神信条。

每一次走近止观斋，我都似踏上了一次美的历程；每一次走出止观斋，我都在心里赞叹：张天有老师，此人只应天上有！

仿佛，张老师降生凡尘，就是为了以其高蹈的才智和艺术修养，为我们竖起一面旗帜，引领我们向着精神高地一路追寻。走近止观斋，令人叹为观止！

在梦的边缘徜徉

在乍暖还寒里盼了好久，终于熬到薄衣单衫的洒脱，看看一年的光阴，即将过半，已是“五一”。

有人说，每年都要爬一次山，锻炼身体，也感受一种征服的豪迈。

于是，在我的念想里，每年的五一假期，爬山就成了必修课。

听说这时节正值樱桃红熟，附近还有楚长城遗迹，便欣然去就山水。

走过长长的尘土飞扬的路，绿杨荫里，“樱桃沟”几个字赫然触目，激动了人心。早年读“红了樱桃，绿了芭蕉”，年少不识愁滋味里，断章取义，以为是渲染春夏美好的图景，现在知道了，那词句的前面，还有“流光容易把人抛”，忽地就将基调拉拽得低沉和惘然了。而我，年年五月从小贩的筐子里买回一颗颗红红的樱桃，却从不知道它们是在怎样的地方生长和成熟，在怎样的枝头一日日醉了红颜。

满山满坡是不知名的小野花，满树满树是或青或红的樱桃。人车拥挤里，可有人，怀着一如我心中的点点轻愁？我想起的，是人说女子与樱桃一样，因色得祸的传言。不知，它们若是青青涩涩地长着，是否，就可以改写被攀折被掳掠的命运？是否，就可以终老山林？

也许，我只需像其他游客那样，找最红的摘下，看一看，尝一尝，再带回去一兜，此行便得圆满。然而，我却不能安然呢，在密密的樱桃林子里，单是看一看就觉得好，再闭眼沉醉片刻，又会心生懊恼。这般人世美景，先前竟然不知，一年年都付与冷月清风，岂不可惜。凑近了看这一枚枚红果，不摘恐它们会寂寞，摘了又怕伤了这小精灵。未到佳处，人会心生遗憾，真的来了，又不知如何是好了。

看不够，也梦不完，同行的朋友们已催着去看前方不远处的楚长城了。

“上山不能急，你看着近，实际上却很受走呢。”一边小心着脚下的路面，一边还有先前来过的人为我们介绍着。“据说，这一带的长城修建于春秋时期，距今已有两千多年，被誉为中国‘长城之父’。规模宏大，结构独特，墙体最高达四米，是古代楚国主要的军事防御工程。寨城的制高点和内侧山坡上存有烽火台、兵营、石墙基、擂鼓台等军事遗迹。”

近午的阳光火辣辣地照在人身上，也照在这曾演绎过古战场的神秘故事的山坡上。满地的乱石和低矮的灌木，淹没了城墙千年的沧桑；那些曾经驻扎过的部队，刀枪，战旗，马嘶，都成过往。经年之后，历史安静地睡去，唯余这些陈迹，成为后人凭吊和想象的索引。

历史在这里，看一看就好，不必慨叹什么。有一天我们也会成为历史，后人也会登上我们的制高点，以考察的目光揣测曾经的种种吧。

想到此，不由得一笑，下山去。

乱石间，有小野花开得自在，也有高大的杏树，枝叶间掩藏着一枚枚青果，低头看树下，掉了一地，看着叫人心疼。“花褪残红青杏小，燕子回时，绿水人家绕。”绵绵草丛，矮矮石屋，寂静光阴里，忽然就生出醉眠山林的狂想来。

下了山，我手里多了几束野花，心里多了空阔的意象。

离了樱桃沟，一回眸，才知道，原来自己在梦的边缘徜徉。

散文的位置

多天没有去阅览室借书了，想着也许会有新书下来，便去看看。

零星有几个学生在胡乱翻着挑选图书，我快速浏览了一下四壁架上的书，发现还是那些“老面孔”，不禁有点失望。最后，目光落在一侧角落里的一堆摆放整齐的新书上，纳闷地对管理员说：“这些是什么书呀？看起来板正得很哦！”回答是：“《散文》，就没动过，谁看它呀！”

我心里一动，不由得蹲下身来翻看。——别人看不看都无所谓，我却不能不看，因为，它们无论如何与我相关。

说起来，我与《散文》结缘，已是多年前的事了。

第一次看到《散文》，是初三那年。班里一个女生不知从哪里弄来一本，传到了我手里。那上面的很多文章都是看不懂的，只记得有一篇是写菊花的，懵懂而又美好。一问，说是在县城那个有名的书店买的。

那本书，那些文字，对于当时除了课本无所读的我来说，留下了深刻而又美好的印象。因为，我们都是穷家庭出来的孩子，能有学上，有饭吃，就很不错了，买课外书，那是想都不会想的事。就像只有衣食无忧的人，才会去想关于爱情的事儿一样。我们穷尽所有青春年少时光，读的都是如何跳出农门的升学书。

有时候，班主任老师还会特意召开一些女生会议，警告我们不要看琼瑶的小说，以防陷入早恋。很多女生都在吃吃地笑，我却在懵懂里，感觉一头雾水。琼瑶的小说说点儿什么，它怎会有如此神力，都是无比遥远的事情，遥远得与我无关。

后来，我便上了县城离那家书店最近的高中，星期天如果不回家，就会和同桌的女孩一起去那家书店转转。她家经济条件好，一出手就买很多资料，而我，通常都是买一本《散文》或《散文选刊》。那时候《散文》很便宜，汇聚了国内不少名家大作，定价也就一块多钱。

也就是在那时候，我看到了廖华歌的散文《微雨霏霏》，那些温婉美好的句子，像一扇开向绿荫满地的花园的小窗。我欢喜地发现，原来，我的精神和灵魂寻觅的，就是这样一种聆听和表达，就是这样一种与世界的传感与呼应。

于是，那些成长的烦恼与欢喜里，那些轻狂也潦草的飞扬里，不曾读古今名著，不曾读爱情和武侠，那时初见，散文便在青春里打下了深深的烙印，竟仿佛定了一世情缘，并与此后接触的哲学一起，框定了一个女子精神和思维的走向。

那时候，随便在哪个书店里买一本《散文》或《散文选刊》，是很容易的事。后来，它们是怎样渐渐被冷落的呢？我无法知道，因为，我已离开那个小县城，开始了新的人生征程。

大学里虽然图书馆很大，藏书百万，但是，算来，我还是几乎没有读到什么书。一是没有读书氛围，大家都在玩啊，感伤啊，迷茫啊。从感伤里走出来之后，女生学会了如何把自己打扮漂亮，男生忙着追求女孩子，青春的我们仿佛一群无头苍蝇，东一头西一脑地盲目乱撞。

还有一个令人郁闷的原因是，学校那个图书管理员态度很不好。每次去借书，她都很不耐烦，想看的书总是借不到。后来，我们怀疑，她每天都在手边放了几本书，要么你看她推荐的，你相不中了就不借不看。时间长了，我们渐渐都不愿去了。

学校门口卖书的地摊上，常常会有很多过期杂志，相对便宜。有一次，我就买了一本《散文诗》，是窄而薄的宛如书签的小书，一篇一篇都那样雅致美好，真正是浓缩的精华。

课业总是那么无聊，于是，老师在台上讲，我常常会陷进散文诗的小天地里去，品味得满口噙香。那时候，莫名的感伤总是轻易地袭来，却挥之难去。有时候，我也会在人家的诗文旁写下自己的青涩句子，一行行，是不食人间烟火的美丽苍白。

后来参加工作，偶尔去一次书店，便会发现，总有很多积压的过期杂志。那时候，我还不知道这是纯文学刊物走向衰微的表现，只是心喜着，因为可以掏不多的钱买好几本书。对我来说，无所谓过不过期，只要不曾读过，便都是新的。看我一下子挑了好几本《散文》和《散文选刊》，书店老板也很热情地帮我找，最后还给了特别优惠。

再后来，连我自己都不知道，是从何时起，是为什么，就不再买不再看那些散文类读物了。

大家都在谈论着钱呀，考研呀，晋升职称呀，我也在实实在在的生活里烦恼着。有一日忽然发现，那些文学刊物的装帧越来越高档华丽了，也越来越贵了，由先前的一块多，涨到了三四块；更叫人不舒服的是，那内容怎么也走不进一般的生活了，已经无法贴近我的心灵。我是脚踏实地走在红尘中的，而它们却是凌空高蹈的，超越俗世的，仿佛来自另一个世界的呓语，离尘世那么遥远，离挣扎在世俗生活中的性灵那么遥远——渐行渐远渐陌生。

这一刻的发现使我有点诧异，是散文离弃了我呢，还是我排斥了散文？总之，我不再看散文了，转而看起了那些时尚杂志。不管大众怎样评论，说人家是垃圾杂志，我却觉得那些文字有着温暖的魅惑力，轻俏活泼，关乎心灵，诉说着小人物的欢欣和疼痛。它们来自生活，甚至是你自身或灵魂的倒影。

也许是散文太阳春白雪了，而大众，只想在逼仄的生存环境里寻找一刻的轻松。过于沉重和严肃的东西，从来不适合、也担不起娱乐之轻，所以，它们只能像老古董一样，被搁置起来。

那天收拾东西，翻出了多年前买的《散文》和《散文选刊》，纸张软而发黄。翻开看，还有那时自己在心仪句子下面画的曲线。想起散文曾在我心里的好，和今日纯文学刊物的边缘与式微，不由得长长地叹了口气。

一种文化现象的复兴和衰微，必定有其外在和内在的原因。今日文学的处境有目共睹，商业大潮的冲击难辞其咎。我想，每一个真心捍卫文学的人，一定都会反思，当下，我们的散文写作存在着怎样的瓶颈，该如何寻求突破和救赎之路。

无论如何，今生爱着了散文，散文在我心里就永远是千般万般的好。它可以积压在书店里，它可以被冷落到图书室寂寞的角落里，却永远会在每一个懂得和爱好的人心里，庄严珍重地保存。

只要散文还在心里，我们就有希望看到它壮大和蓬勃的未来！

理想生活

我所谓的理想生活，与钱多钱少无关，与房舍大小无关，也与人世的热闹无关，只是昼伏夜出、遂心如意的安宁罢了。

这样简单的要求，平时是不能实现的。平时，接送孩子上学要早起，辗转了一天，困倦不堪，总想早睡。而黑甜的夜为睡眠所充斥，总是叹息身不由己，那么多读书学习的好光阴被如此虚掷。

但凡有读书写字爱好的人，都爱良夜。才女张爱玲就是一个典型。《金锁记》的开首，便是以月引入："三十年前的上海，一个有月亮的晚上……"月亮在张爱玲的生命中应是最清晰的意象。想那风华绝代的才女，是怎样在众人皆梦我独醒里熬白了一个个通宵，才思又是怎样在灯下纸上一泻汪洋。低头久了，颈子有些酸沉，她搁了笔踱至窗前，拉开窗帘，那月色于她该是何等熟悉。无论在上海还是在香港，无论心情澎湃的欢悦还是萎谢低迷的颓伤，这天上的月都是她生命中不离不弃的风景。在某一个瘦尽灯花的长夜，她可曾轻叹一声——悲欢离合终不能自主，独这月，一直不曾辜负人。

我也深爱这夜的好呢。白天的喧嚣像潮水一样退去了，寂静像一把神奇的梳子，将人心里的浮躁都梳得平整。这样的夜晚读书，没有红袖添香，却有书香与茶香共氤氲；有心花与文字齐开放。于是，读书，卷卷有情；展笔，字字凝香。

我自爱这夜的深浓，可是，一年里，这样的时日不多呢，总要逢了假期，才可以纵情任性地流连。

向往里，该是无限美好，真的来到了，竟也夹缠了许多烦恼。比如，晚上总有蚊蝇骚扰；第二天要照顾孩子的饮食起居，总也睡不安稳，神疲体倦里，反而大半天做不成任何事。总之，新的烦恼又滋生了，生活依然不合理想。

那么，理想的生活究竟在哪里呢？

米兰·昆德拉说得好：生活在别处。

既然理想的生活在别处，那么，当下这不合理想的生活就是缺乏意义的苟且。是否有一天，真的达到了从前认为是理想的那一步，当下又成了苟活呢？

这样一想，觉得人生真是可悲。

闲来，我常默默观察我所生活的这个大院子里的人和事。行走不便的老年人终日坐着，是否怀想那些生龙活虎、风华正茂的时光？即兴而起的孩子们无忧无虑地耍玩，却盼着能早一日长大；夹在中间的这些人，既回不到孩子的无忧时光，又不愿至如斯老境，肩负重任，进退维艰，也无幸福可言。

总之，生活总在别处了。

我走在一条幽僻的小径上，不远处，蔷薇花开得正香艳，而脚下，已是落叶满地。花开叶落，都有无限的美意。人心若少一些苛责和不满，多一些沉厚和包容，其实无论处于怎样的境地，都有美好相伴。若总是奢求，不可得时奉若珍宝，一旦拥有又弃若敝屣，生活将永远在别处，当下永远是惨不忍睹。

总以为生活在别处，所以不停地行走；总以为遇到的不是最值得珍惜的人，所以不断地挥别；总以为来日方长，所以直到华发早生才能幡然悔悟。

生活原本就不合所有人的理想。理想的境地，也许只是水月镜花，不可触及。所以，我们追寻，应该在追寻中发现和把握当下的美好，享受当下的幸福。

崇焕千秋

是在读《明朝那些事儿》时，加深了对明朝抗金名将袁崇焕的印象，正好又有了去广东东莞走进袁崇焕纪念园的机会，便一路走一路问地找了去。

到石碣崇焕路，远远就看到一带飞檐翘角的古建筑，料想这便是将军故园了。走近一看，果然是。过端肃大门，展眼便是袁崇焕的巨大塑像，其下侍立着左大寿、程本直等得力勇将的塑像。只见袁崇焕左手握刀，右手举至胸部，似有所抓握，却又掌心空茫，那一刻的神情，似是在叩问，又似在呐喊，坚定而又迷茫，简单而又复杂。

烈日炎炎，不远处有屈曲回廊，依依杨柳堆叠出烟柳画桥的韵致。过去小憩片刻，细看，越发觉得这园里清幽雅致。绿水幽幽里，有窄长的木船安静地停泊着，想袁崇焕一生戎马倥偬，浮云变幻的起落里，也许倦了心眼，会生出“小舟从此逝，江海寄余生”的冥想来？只是，江山社稷的责任太重大，他还来不及享受这般晓风残月的情致。

过袁崇焕故居，看袁崇焕塑像，谒袁督师祠、袁崇焕“衣冠冢”、佘义士墓、袁崇焕传记浮雕等，这些或古远或新修的建筑，这些或简短或详尽的文字介绍，宛如一根红线，将袁崇焕一生的大小片段串连成血肉丰满的一体，其精神内涵如此可歌可泣，其悲剧一生又如此令人心意暗沉。

袁崇焕（1584－1630），字元素，明代广东东莞人。有胆略，好谈兵。万历进士，天启二年（1622）单骑出关，考察关外形势，还京后，自请守卫辽东，并筑宁远城，以御清兵。因获宁远大捷，清太祖努尔哈赤受伤死，袁崇焕官至辽东巡抚。次年获宁锦大捷，清太宗皇太极又大败而去，崇祯加封袁崇焕为兵部尚书兼右副都御史，督师蓟辽。崇祯二年（1629），后金军绕道古北口入长城，进围北京，袁崇焕闻警星夜入援京师，但崇祯中后金的反间计，以为他与后金有密约，魏忠贤之流却以莫须有的罪名将他陷害，故被崇祯帝处死，时年仅四十六岁。

他的罪名是“莫须有”，他的死法是“凌迟处死”。从前只知凌迟处死是一个历史名词，拜当年明月先生详解，才知这是明朝惨绝人寰的酷刑，刽子手要从一个活人身上割下 2600 多块肉。袁崇焕精忠报国，却遭此厄运，行刑当日，不明真相的京城百姓纷纷向刽子手出钱买其肉，生啖之，得其骨者，以锤砸之。最后，仅余人头，被挂在旗杆上示众。

喋血死国，若死得其所，英雄应无恨，可是，他却蒙此重辱，死无全尸。九泉之下，心魂何以堪之！而他，慨然写下这样的诗句：“一生事业总成空，半世功名在梦中。死后不愁无勇将，忠魂依旧守辽东。”

南方的夏，风雨如此难料，刚才还是灼热难耐，这一刻，忽然就风起云涌，电闪雷鸣了。那些腐叶和污垢被水流冲去，地面格外洁净。这隆隆的雷声，仿若一种昭示，天地自有公道，英雄纵会一时蒙羞，时间终会还英灵一个清白。

风停雨住，回望袁崇焕独立苍茫的塑像，越发觉得高大坦荡，越发令人肃然起敬。

走在雨后洁净的路面上，爽风拂面，我看到街边的服装店里，有卖白色的T恤，上面赫然印着超大的两个黑字：“好人”！如此惹眼的创意，叫人忍俊不禁。复看一眼，见这二字的笔画里，原来藏着“难做”这两个小字。

好人，难做，黑与白，对比鲜明。

忽然由此想到了袁崇焕的一生。也许，在袁崇焕的心里，是想竭力做一个“好人”的吧，精忠报国，拼却一生的心血，赢得生前身后名。可是，一切却如此之难啊。

一件T恤，单衫微寒里，怎载得动这人世和历史的哀愁，这时代，只需简简单单地穿着就好。

那时我们年纪小

声声鞭炮里，又是一年新春到。端起碗来吃饺子，开门踏一地鲜红炮纸，在走亲访友的热闹气氛里，我不由得想起了小时候在老家过年的情景。

那时我们年纪小，所以，身在苦中不知苦。经年之后，那寒素生活里的欢悦，竟滤去了苦痛的光影，如此清晰地沿了岁月的潋滟波光，涉水而来，轻悄而又温厚绵长。

记忆中的除夕之夜是单调而又浮漾着满心欢喜的。

一切似乎准备就绪。可是，有什么可准备的呢？不过是，对联贴上了，饺子包好了，莲菜夹子和胡萝卜拌面的素馅丸子也炸好了。

堂屋的火盆里，豆秆、苞谷核不停地续着，屋子里弥漫着温暖呛人的烟气。今夜，我们要熬年了。一个“熬”字，为这夜晚贴上独特的标签，也把人心里的等待拉得悠长。

没有电视，也就不知道电视的好，可是，那光阴并不显得无聊。

几双大大小小的手都伸到火盆上，一边烤火，一边拿粉条过来燎，看那细细的粉条渐渐膨胀变粗，便是熟了，放嘴里一咬，边缘是脆的，里边仍是筋道得咬不动。有时候想烤得透一些，收得晚了，就刺刺溜溜地烧着了，发出黄绿色的光焰。有时候连粉条也没有，可苞谷总是有的，等到火盆上的明火熄了，火势弱下去了，抓一把苞谷豆往火盆里一撒，很快就有炸开了的苞谷花蹦出来了，此起彼伏里，大家纷纷捡拾起来，吹一下，就送嘴里吃了。有的苞谷豆来不及蹦出来，就被烧着了，冒出一股子黑烟，把大家熏得忙别过头去。

这时候，母亲会唤了我们姐弟，逐个把过年的新衣新鞋穿上看看。新衣是裁的便宜布，母亲蹬缝纫机为我们做的；鞋是早就做好的棉靴。平时，只要有空，母亲就用我们穿小的衣服做鞋底，纳底子，纳好了抹上桐油，再用旧的红绒布衣服剪了做成鞋帮，鞋上还绣了好看的小鸡小鸭。一人一双，一直要放到过年才舍得穿。

第二天早上，我们就穿上母亲放在床头的新衣，欢喜地跑出去拾炮。

老人们说，姑娘家起来做的第一件事，是去自家房后摇椿树。要找那最粗壮的一棵，一边摇晃一边说：“椿树王，椿树王，你长粗，我长长。你长粗了做嫁妆，我长长了穿衣裳。”据说那椿树王是有神性的，新年第一天的祈愿会成真呢。邻居家小梅心急，一下子说成“我长粗，你长长”

了，后来，小梅长得又矮又胖，就有老年人说，谁让她许错愿呢。

而我，常常顾不得摇那椿树，伙伴们就来喊着一起拾炮了。

不大的一个村庄，谁家在哪个位置，都清清楚楚，炮声一响，就飞快朝那个方向跑，有时候跑到了，人家已经放完了，唯见一团青烟在屋顶上袅袅飘散。放完了也还是要进人家院里去的，扒开那一小堆炮纸，找寻一切可能遗漏的带捻或不带捻的炮。有时候跑去了人家正在放，就急不可耐地在离炮最近的地方等，等那闪着火花的炮音一落，大小的孩子们就蜂拥而上，捡拾“战利品”。那些男孩子总是冲在最前方，他们拾得最多，可是，冒的风险也最大。有一次，一个叫赖娃的男孩就吃了亏，炮刚攥手里，就“啪”一声响了。后来，我们就都怕了，先用脚跺一下，确认安全了再拾。

等到庄上所有的人家都放过炮了，我们便聚到一起展示自己的战利品了，看谁拾的炮多。如果有带捻的，那简直是好大的运气了。然后，我们把带捻的炮放了，不带捻的从中间折断，摆成一个圆圈，火药就露出来了，拿火柴一点，“嗤”一声，冒出一团烟气。

小时候那慌着拾炮的情形，竟永远永远烙印在脑海里了。贫瘠而又美好地，成为生命难忘的记忆。

初一给长辈拜年，我们会讨得一毛两毛的压岁钱。初二开始走亲戚了，没有车子，远近都是步行。新年里总是下雪，去时上着冻，吃了午饭回来，雪化了水就是泥巴路了。小心地捡着路走，到家时靴还是快湿透了。脱了立在火盆边烤，有时不注意，也会把靴底子烤煳，免不了受妈妈一顿唠叨。

亲戚里家境好一些的，会给一两毛钱，还会捎个包，通常是自家炸的麻叶儿。

有一次，姐姐去舅爷家走亲戚，头年记得门前树上有个鸟窝，第二年树砍了，鸟窝自然没了，问了好长时间，舅爷才告诉姐姐鸟窝在什么地方。下午回来，母亲问起走亲戚的情形，姐姐一一说了：“妗奶在鞋底摸了好长时间，才摸出来一毛钱。”我们都笑了。

那一年，在县城印刷厂当工人的小姨来了，给我们姐弟每人发了三毛钱的压岁钱，不是皱巴巴的，而是平整干净的，像是刚从银行里换出来的票子，我们都觉得小姨真大方。还记得，小姨和母亲看着我们高兴的样子，也都笑了。

三天戏，五天年，哧溜呼啦就过完。过了初五，这盼了一年的春节就要过完了。真是又快又短。那时候管初五叫“破五”，这一天吃饭不能往碗里泡馍，否则，这一年里都会落雨淋头呢。

正月十五晚上是最后的狂欢了，我们都拿了家里的扫帚头，沾了煤油，用绳子系住，点燃了，站在村前一圈一圈地来回甩，一边大声呐喊，临村的人也不约而同地也点燃了扫帚，在甩着圈儿应和。

那扫帚的火花熄灭了，就像漫长时日里的一点亮丽淡褪了。

母亲常说，年好过，月好过，日子难过。那时候，我们不懂这话是什么意思，只知道年过完了，从此，一切都要回到正常的轨道上来了。

光阴弹指而过，如今，我们的孩子也到了当年慌着拾炮的年纪，可是，他们不拾炮，家家门前那满地红炮纸里，大小的炮们寂寞地散落着，孩子们在暖气房里玩网络游戏呢。

那些缺衣少食的寒素光阴远远地去了，而今早已进入了衣食无忧的新天地里。只是，每一年，当着鞭炮声声辞旧岁的一刻，年少时的那些记忆就会纷纷回转，在一刹那的恍然里，我似乎又触摸到了生命里那纯粹的欢喜和简单的幸福。

回首往事，那时我们年纪小，若彼时是身在苦中不知苦，是否，现在是身在福中不知福呢？

守　候

朋友向我推荐一首 Keren Ann 的歌，《Not going anywhere》，好奇地搜索了来听，是略有些沙哑的女声，低调，平和，像涓涓细流般澄澈，落寞地一声声唱着，又搜索了中文歌词，原来是“人们来来去去，但是我哪里也不去，我哪里也不去”。

这是一个终于获得自己内心确定的女子，不喧嚷，不急躁，她反反复复、安静平和地诉说着。

——我哪里也不去，因为已经明了自己心灵的方向；我哪里也不去，只守着自己的心，坚守着梦的指向。

听着 Keren Ann 的歌，便有些感动浮漾出来，水草一般，在心湖轻摇。就这样，一晃几年过去了。

就在几天前，一个朋友给我发来一条措辞简洁的短信：晨报副刊今日发表了你的《丝巾》。

我才想起，《南都晨报》试刊时，我一时兴起，投过去几个短篇，一忙就忘了这事。

《南都晨报》改版前，是叫《南阳广播电视报》的。国内大大小小的刊物何其多，我对《南阳广播电视报》却怀有深挚的情意。

二十年前，是《南阳广播电视报》给了我稚嫩的文字以最初最珍贵的肯定和鼓励。学生时代的我，收到的第一笔稿费，就是《南阳广播电视报》寄来的。发表在上面的那篇散文《走向春天》，成了永远停留在我心里的春天。

二十年了！这一份情意一直在心里，若是一棵树，也早已枝繁叶茂了吧。

轻轻的一个掌声，套牢了我的一生。

回首这二十年，原来，我一直在做着这一件事。——身边的人，这世界上的人，来来去去，我始终待在原来的地方，守候着那青青的梦想。

一句经典的话频频被人们引用：我们已经走得太远，忘了为什么而出发。

感慨自己的迷失，有深深浅浅的后悔在里头。

而我，从来没有出发向别的地方，从来不曾放逐和迷失自己，没有什么能够诱惑得动这一颗心，它始终待在最初的地方，保有最原始澄澈的状态。就像圆规的针尖，牢牢钉在一个地方，脚步再怎样辗转，也始终向着那个圆心，它方寸不乱，仿佛此生，只为在人生的版图上，力透纸背。

跟一个同事在一起闲聊，她感慨地说："人这一生，其实都有一件最适合他，能让他把天生潜能充分发挥出来的事。遗憾的是，大部分人终其一生也没能找到。譬如爱情，人这一辈子，都有一个真爱你你也爱他的对象，遗憾的是，大部分人终其一生也没能遇到那个人。或者，终于遇到了，时间又不对了。"

我笑着点头。

人这一生，若是找到了对的事、对的人，虽然同样会有苦痛，可是，那生命的质量应该是迥然不同的吧。

漫画家朱德庸说：“人和动物是一样的，每个人都有自己的天赋。比如，老虎有锋利的牙齿，兔子有高超的奔跑弹跳力，所以它们能在大自然中生存下来。人也是一样，不过很多人在成长过程中把自己的天赋忘了！就像有的人被迫当了医生，而他可能是怕血的，那他是不会快乐的。人们都希望成为老虎，而这其中有很多只能是兔子，久而久之，就成了四不像。我们为什么放着很优秀的兔子不当，而一定要当一只很烂的老虎呢？”

很多人的悲哀，是因为，终其一生，都没有弄明白，自己究竟适合当兔子还是老虎。

人生就在四不像中，形成了无谓的消耗。

有人对我说：“如果我真想干什么，没有我干不好的事。”

这是聪明人的自信和魄力。

而我，从小就是一个很笨拙的人，什么都干不好，对什么也都无兴致，唯独醉心于这文字从胸腔里喷薄而出的绚烂和创造。——那是一朵一朵的心花，带着精神和灵魂的气息，桀骜不驯，呼啸而来，裹卷一切，经由指尖，在键盘上弹跳，最终舒卷成花朵的姿势。

这一场生，这一种自我定位，这一份不管不顾的认定和坚持，来得并不容易。还好，还没有到白头终老时。

那么，就这样吧，就这样，I’ m not going anywhere. 用尽一生，立定心意，只做一件事情。

后来知道，这首歌的中文名翻译是《守候》。

桐荫如歌

窗外，有一棵桐树。

不知是谁种下的，也不知已经长了多少年。它那并不粗壮的枝干，从这家与那家楼房的狭窄缝隙里，一直伸展到了二楼上。

夏天来了，桐树阔大的叶子一片片支棱着，阳光下翠色盈盈，煞是好看。

有一日，我正在屋子里忙活，忽然听到窗外有“咔嚓咔嚓”的响动。隔着竹帘看去，原来，是前面的人家拿了长竹竿，上面绑着镰刀，在钩削那桐树的枝丫。

想是那枝叶太繁茂，遮挡了人家的光线吧。

我却觉得，这烈日花花的季节，有桐树的叶子营造出一窗绿荫，无限美好。

因为有这绿荫，我没事了常往窗外的阳台上站一站。隔了这一重绿叶，相互之间便似乎有了安全稳妥的距离，我不看人，人亦不看我，谁也不必窥探谁什么。人虽是群居动物，可是，有时候，他人就是地狱呀。

在那树枝断折的“咔嚓”声里，我的心，就这样揪紧了。

好在，人家只是自扫门前雪，并没有勾掉伸展到我窗前的枝干，我于是松了一口气，没事就走出去在那绿荫下站一站，看着绿莹莹的桐叶许下一个美好的心愿。

有一日，我惊讶地发现，留下的那些桐树的枝叶，竟长到我们阳台的廊檐下了！我真担心，照此下去，要不了多久，它们就会破窗而入，将枝丫伸展到屋子里去。

可是没多久，我就发现，桐树的长势有了变化呢。

变化的，是那些仿佛无头苍蝇一般乱撞的枝条，只是随性疯长，却不知道审时度势，竟忘了万物生长靠太阳。因为接收不到光照，那些叶子逐渐蜷曲起来，本是绿丝丝脉络分明地舒展着，现在竟皱缩成了瓜皮帽子。

我看着，分明看到了一颗颗在巨大生存压力下揪紧的心。

开始，我还以为是叶子生了虫，用手展开细看，没有。它们只是焦灼了心田，似乎一夜之间，由青葱年少愁成了白发苍颜。

烈日炎炎，清晨黄昏，我去给阳台上的吊兰和芦荟浇水，依然习惯于在那绿荫下站一站，也见有萎黄的桐树叶子落在地上。

晴日，这绿荫为我和花儿遮阳，雨天，那阔叶上将滴而未滴地悬着许多晶晶亮的水珠。我便忽而萌生了童心，以手指轻点，那雨珠便沾在了我的手上，清新沁凉；或是抓住一片叶子轻摇，那叶上的雨珠便牵一发而动全身地纷纷落下，落在吊兰开出的白色小朵上，立时便又是一景，又是一番情致了。

我欢喜地抬头望这绿荫，却惊讶地发现，桐树的枝条不知何时又发生了巨大转变！

先前，我还疑心这些桐树枝叶会破窗而入地一直长，现在才知，我是怎样可笑地低估了生命的适应能力。——树木是多么有智慧有灵性呀，发现了大方向不对，它们已经悄然无声地来了个华丽转身，一律又向着有阳光的地方伸展去了。而且，叶子也不再皱缩了，仿佛获得新生了一般，又明亮亮翠生生地舒展开来，有着扬眉吐气的蓬勃呢。

一场生命的突围和嬗变，就这样在我身边演绎，如此默然无声，却也如此惊心动魄。

那些几乎陷于绝望之境的枝叶，它们的挣扎和逆转，多么像红尘里一个个不甘沉沦的生命在自救和突围呀。——那些成长的轨迹，画出的弯弯曲曲弧线，不正见证了生命在困境面前的不屈和顽强吗？

风来，桐树枝枝叶叶轻摇，我似乎听到了生命的欢唱。

——是那一首《桐花》：“桐花树下有一个女孩，不管未来晴天或阴霾，相信眼泪为了笑而来，永远自信盛开，永远都像现在……”

揉碎人心的《雁南飞》

就像鱼儿离不开水一样，我需要音乐，喜欢音乐。只要有空闲，就情愿让音乐的汪洋大海将我淹没，积蓄情感，也濯洗性灵。如此，才能明心见性，也才能心如宝月映琉璃。

有一天，朋友向我建议说，刀郎的《雁南飞》，很值得一听。

因为这荐歌人的鉴赏水准之高，我即刻找来细听。过后，朋友问我感受如何，我淡淡地说：“没觉得有什么特别呀！”而且，心里还存了几分诧异和不解，暗想，怎么偏给这首歌如此高的评价呢？那样蕴藉深厚的人都说好，我却听不出有何打动人心之处，难道自己这等麻木迟钝吗？在我心里，其感染力还不如《情人》和《冲动的惩罚》呢。

朋友说：“这是一首好歌。你静静听了才能感觉到，里面激荡的思念之情，真要把人的心都揉碎呢。”

于是，我又静静地反反复复听起来——

这一听，才发现刀郎那饱含深情的声音，竟一似裹挟了千江万海的滔天巨浪，呼啸而来，席卷一切，吞噬一切，由不得你不动容和恻然。听的人，仿佛面对着一张梨花带雨绝美脸上的那一双含着无限情泪的眼眸，再刚硬的心，也瞬间颤颤地柔化和沦陷，跌进那剪不断理还乱的愁情恨海里去了。

心，便在那唯美凄伤的氛围里，沉陷，低回。

我怔怔地坐着，感受一种被深情缱绻击中的温柔和疼痛。——只要你是心有情意的人，它就能俘虏你，杀人于无形地，在你心里留下无药可解的内伤，这隐隐作痛绵绵无期的情伤。

我仿佛看到，曾经自以为修炼得铜墙铁壁一般的心，瞬间剥落所有伪饰，颤颤地还原为最初的那一颗玻璃水晶，映出了一个住在此处的人儿的样貌，——原来，思念它从来不曾在世俗的烟尘里却步，思念它永远是青青的模样，它一直向着那个人那颗心的方向出发。不敢想，不能想，却偏又时时念想，这生命不能承受之轻啊，却仿佛力道最重的一双狠手，将人的心儿都揉碎，——唉，莫把心揉碎！

于是知道了，这是拍摄于 1979 年的老电影《归心似箭》的主题曲，主演斯琴高娃，便连带着把电影也看了。

一个是才出险境又入魔掌、身负重伤的东北抗联某部连长，一个是深山旷野与幼子相依为命的善良寡妇。她救了他，并对他有了感情。女人和孩子对他的爱和依恋，使他陷于矛盾之中。最终，在一个深秋雁阵南飞的日子，女人送他走出大山，寻找失散的队伍。临行时，他带着她给做的行囊和烟袋，那布料，是她最喜欢穿的蓝布小白花的衫子……

他归心似箭，原本，那只是一个热血男儿对理想的单纯执着，却在这特定的情境里，不期然地，被渗透进了另一种柔性的牵念。彼时，饰演女主角的斯琴高娃青春正好，秀丽妩媚，把一个女子的多情与无奈拿捏得恰切精到。这归心里，便多了一个女人在抬头观望南飞雁阵时，那无言的思念和切盼。

剧情到此戛然而止，女人的面影没有再出现，男人在此养伤的有限时日，还是留下了太多印记。此后的漫漫无边等待里，望着熟睡中孩子稚嫩的小脸，无眠的女人，该怎样度过这无数个秋去冬来，花谢花开？而枪林弹雨里，男人是死是活，会不会回来，一切都是未知。

——兵荒马乱的年月，未来的事，明天的事，谁知道，谁能知道呢？这南飞的雁啊，你可知？都说鸿雁能传情，请把我的一腔滚烫情意捎给那人，千万要保重啊。等到冰雪消融春来归，革命胜利了，他也就回来了。雁南飞，雁南飞，雁叫声声心欲碎。万千不舍，化作心中这千行泪。不等今日去，已盼春来归。倾尽这一世痴情，留不住你去意已决的心，那么，就让我送你离开……

你离开的时候，天上的雁阵正一会儿排成“人”字，一会儿排成“一”字，仿佛我心里的痴念：你和我，就是这一生一世一双人，这一去，三年五年，十年八载，我等你。——你的身影尚未离开眼眸，我的留恋和不舍就哀哀丛生。这秋天啊，冬天啊，曾经那么短暂，从今后都将无比漫长，你带走了我的春暖花开……

这样的心境里，一遍遍地听着刀郎的这一首《雁南飞》：“今日去，愿为春来归，盼归，莫把心揉碎”，感受这凄婉的情意，如何一点点地把人心揉碎。

很简单的歌词，如此回环往复地吟唱，感觉里，竟有了几分《诗经》

那重章复沓的韵致和美雅。

那一日的音乐弥漫里，窗外，夏雨正潺潺。雨点打在窗玻璃上，汇成小流，缓缓而淌，一似那不尽的思念之情。心意潮湿里，我无言地伸出手指，想要阻挡这一场又一场的淹没，却发现，那么无力。

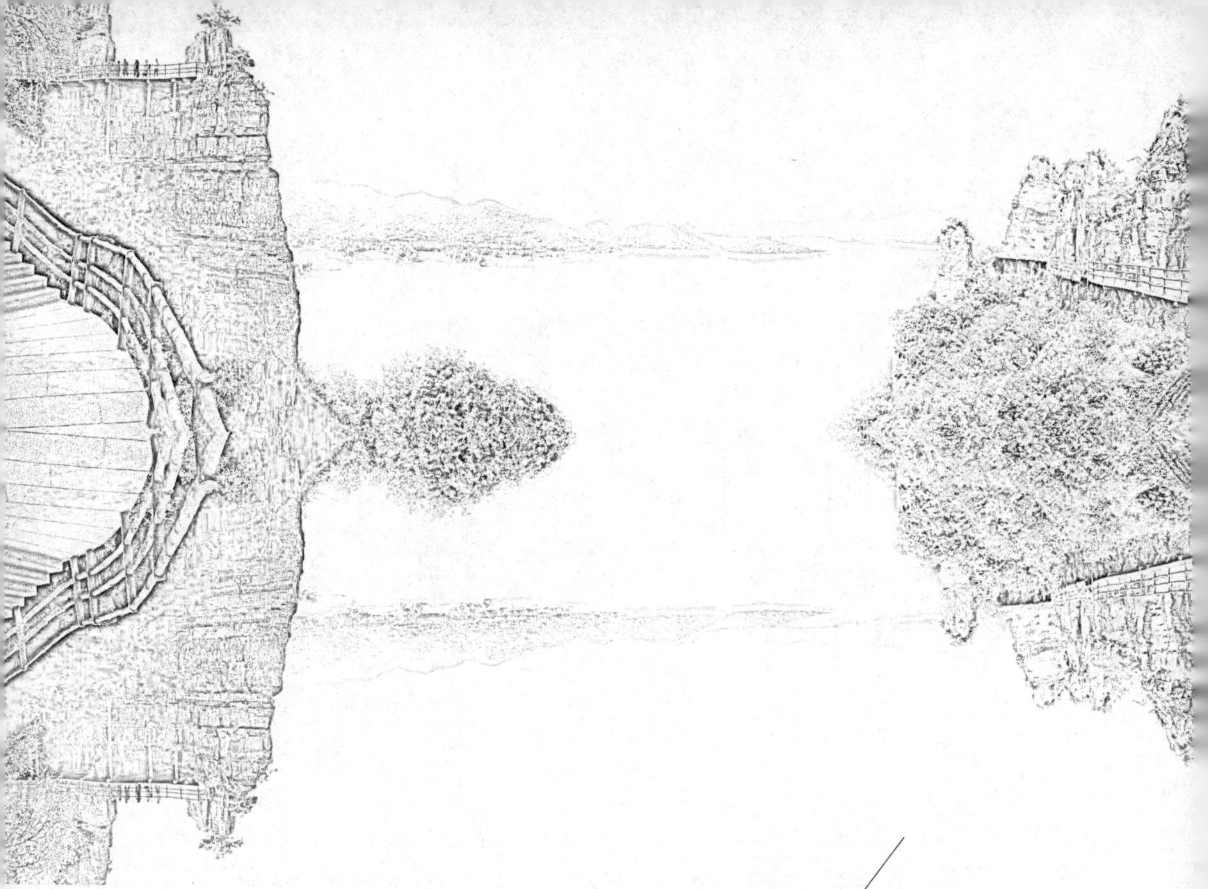

第五辑

短章拾萃

岁月静好，且让我，从容养一份痴情，热心冷眼，淡看流年。

——《养一份痴情》

陌上杨柳色

走过街边的小灌木丛时，一低头，竟看到枝枝杈杈间不知何时钻出了许多圆圆的小苞芽，宛如一个个绿色的花蕾，又似笼着的一个个轻梦。

走过一树垂柳时，我瞥了一眼，惊喜地发现，从前那暗褐色的纤长枝条上，也已悄悄地钻出了密密的叶芽。它们一日日无声无息地生发和伸展着，仿佛有一种无形的震撼在告诉我们 ，一切强有力的爆发，都须得经历一个长久积蓄和酝酿的过程，那过程里也许更多的是灰暗、寒冷和无趣，可是，这绿的狂潮渐次暗涌的一刻，会有多少欢喜和明媚在里头啊！

要不了多久，杨柳们就会笼出轻烟一般曼妙的意境，吹面不寒的杨柳风里，那是一枝枝的翡翠轻摇，一树树的碧玉妆成。冬天里突兀得仿佛幽人寂寞的眼一般的鸟窝，也就渐渐看不见了。熏风一吹，那人竟也醉倒了一般，失了先前的清醒，身子软软地犯了困。

最欢喜的是那些小鸟儿们，早晨你还没睡醒，它们就长一声短一声地在外面唱起歌来了，什么都有，麻雀，斑鸠，花喜鹊，还有更多不知名的鸟儿，都早早地加入这黄昏清晓的大合唱中来了，仿佛在告诉人们：春天来了，还不早早起来，该种花养草了呀，该撒播梦想了呀。

人家院子门前的大片空地上，新栽了一棵棵桂花树苗。你走过，不由得轻叹，主人真是有情趣呢，春天栽下，过了夏，秋风一吹，桂花就开了。每日里，还没睁开眼，就先闻到桂花的香气，闲了就到树下站一站，看一看，晚上又在清香的气息中安然入眠，想想都叫人心醉呢。这每一个凡俗的日子，也都被浸染得幽幽生香了吧。

原来，一切希望都从绿色开始，一切梦想的最初，也都萌生出圆满的态势。

“昔我往矣，杨柳依依；今我来思，雨雪霏霏。”当下正是杨柳依依，生命亦当在这天人合一的氛围里，构想和作为。来日，当雨雪霏霏的时候，再回味这一个轮回里的心愿达成和尚待圆满，就像陌上柳色一样，年年翻新，梦想常绿，生生不息。

画意诗情的生活从来不在他乡，不在别处，而在我们的心里，在每一个人勤春早的构想和践行里。

花儿这样红

人间四月天，到处花团锦簇。我行走在穿梭的人流中，也漂流在花的海洋里。忽然发现，今年的街道上有了一种有别于以往的景观：女人们推着三轮车卖花，是大朵大朵连茎带叶折下来的鲜花，红艳艳的，一路招摇。

买花的大多是年轻的女孩子，奇形怪状的发型，细吊带的衣裙。走进店铺，也见有玻璃瓶子里装了清水，插着几枝这样娇艳的花，只是已见凋零了。

我也是爱花的人，何况是这样美丽的花，也要不了多少钱，可是，总也下不了买几枝的决心。这一刻它们多么美好，得来多么容易，可我知道，无须几多时日，伴之而来的就是颓丧。

我终是一个观念古旧和传统的女子，我的神经已敏感到不堪承受这朝开夕落的旋喜旋悲。与不需付出撒种、培土、浇水和期盼就可获得花开的简易欢欣相比，我更愿辛苦地经历一个漫长等待的过程，然后，在花开的一刻，踏实安静地品味那细小也盛大的欢欣。因为爱惜，我祈愿花开的美丽尽量长久，所以，我要它们的根一直长在泥土里，我知道，持久的美丽需要大地泥土一样丰厚的蕴藉。

看着这一刻嫣红娇美的花儿，看女孩子们轻巧地买了，低头嗅那花香，我忽然想起一个朋友的话：这是一个急功近利的时代，人人都只想要成功，不想走弯路，更不需要风雨中的打击，甚至可以不要过程，只要结果。

是啊，有人卖花，有人买花，互为因果，各取所需。现代人的神经早已修炼得坚硬似铁，所以，可以勇敢地越过开始，省略过程，直奔开花和结果。

这样鲜艳的红花，如果没有泥土的承载，肯定会很快零落。而当花落萎地，最初的决绝和勇敢，是否，也会化成一抹冷眼？

“姑娘，看这花多美丽，买几枝吧！”买花的妇人一副吃定了我会买的神情。

我微笑，轻轻而又坚决地，摇了摇头。

且饮一杯薄酒

春天的熏风，在经历无数重与寒冬的搏斗之后，终于再次柔柔地拂上人脸。听婉转鸟语，看柔媚花开，仰起脸承接阳光的爱抚，生命在这样简单纯净的幸福里，也不禁浮泛起几许轻舞飞扬的狂想。

晴好的日子，带了孩子去河边捞蝌蚪，河里水流清澈，河边草儿青青。看孩子无限欢喜地卷了裤腿儿在水中嬉戏，看着的人也便满脸欢悦。脱掉鞋子，把赤裸的脚随意放在草丛里，这新鲜油绿的小草便调皮地挠痒了我的脚心。含笑里，我仿佛看到了繁花似锦的人间四月天。而我，亦甘愿在这一刻里沉溺。

回来的时候，正是杨花似飞雪的情景。微风过处，惹起杨花柳絮片片飞扬，竟像极了人心里无边的愁绪。“昔我往矣，杨柳依依。今我来思，雨雪霏霏。”在生命的这一个又一个似曾相识的轮回里，我感受了太多的欢喜和惆怅。当下，只有这些懵懂的孩子们，依然嬉笑着，追赶那飘忽的飞絮。

路旁的树叶子也是一天一个样儿呢，昨天还欲说还休的样子，今晨就舒展开来了，像一面面绿色的小旗，在风中招展。曾经光秃了一冬的树木，在越来越丰茂的叶子的衬托之下，幻现出风情万种的模样。春来萌芽，秋来飘落，大自然无声地遵循着既定规律，葱茏有时，静默有时，无可逆转。我静静地站着，默默地看着，在这无声又巨大的自然伟力面前，深彻地感觉着自己作为一个生命个体的渺小。而人心在面对美好事物时，会自然生出的那些永恒或停驻的愿望，亦不过是逆势而动的可笑与可怜啊。

看透风景的人，也许，便只剩下一双寂寞的眼睛。走过生命的青涩时光，我忽然很向往那饮一杯薄酒的微醺的感觉。

在这万物发荣滋长的春天里，据说也是手足口病蔓延的时节。我每日里嘱咐孩子用洗手液好好洗手，她听话地去洗了，却久也不见过来。走过去看时，只见孩子用洗手液搓起丰富的泡沫，正倚着门撅起小嘴吹泡泡呢。

不禁心里一颤，也许，我应该像孩子这样，以尽量简单的心情来面对生活，有自己的方向，也不失即兴而起的勇气，让每一日的琐碎里，都衍生出无数细小的欢欣。

当生命尚年轻的时候，即使有一双迷茫和寂寞的眼睛，又何妨饮一杯薄酒，在半醉半醒里，笑看世间烟云。

养一份痴情

从前读周国平的《读书人是幸福人》，觉得字句入情入理，却难入心。

学生时代可不是一直在读书吗？怎么一点都不觉得好呢？反而生出无限的倦怠了。现在，每每走到学生中去，说教科书上所选都是经典篇目，希望能认真读一读，可是，他们也是和我当初一样吧，半天，才懒懒地翻开书，意兴阑珊的样子。不由得叹息，真是身在福中不知福啊。

也知道，同样是在读书，学生们的浮躁是因为有考试的重压，所以，阅读也不再成为一种美好；而我，是轻松自由的。也许，为了考试而读的书，都算不上真正的阅读，太多功利笼罩之下，这唯简单纯净以支撑的阅读之美，哪里还有容身之地？

在一个成年人的心里眼里，能够安静地坐在教室里，读一些文质兼美的文章，是多么美好的事啊。在书香氤氲里，一抬眼，窗外绿树成荫，偶尔也会有一两声鸟鸣。这样的氛围里，人心中忽然了无尘念，唯余读书的幸福在身边静静地、轻轻地弥漫。

生活如斯繁杂，选择如斯多元，幸好，当时光不再囿于考试的压力，我还能够选择随性自由地阅读。

因为喜欢新颖别致的语言，学校图书室里的书，从前我总觉得太老旧，缺乏活泼的气息，所以，宁愿去到别处的书店寻找。有一日去还半年前借的一本书，又搜索了一遍那些书目，惊喜地发现，原来世人认为经典的书系，这里都有。于是，欢喜地取了《诗经》《聊斋志异》和《元曲三百首》，真有些懊悔自己先前的好高骛远和浅薄。——为什么总要在苦苦追寻之后的黯然里，才能发现，原来，真正美好的东西一直在自己身边安静地待着呢？

翻着书走在安静的校园里，一枚黄叶忽然飘落到书页上，惊起，原来是杨树那心形的叶片，有着裙裾一样精致的边缘。端详着这叶片，我不由得笑了。一直觉得杨树就像一个情重的精灵，那纷披的心形叶片，可是在为谁日夜痴情地守望？而这扑入我心怀的一枚，是否隐喻着，我也是一个有着如斯心性的女子？

或站立，或坐卧，我伸手，触到书温暖的背脊，仿佛看到一线天光照亮了生命的前路，给我幸福的导引。

岁月静好，且让我，从容养一份痴情，热心冷眼，淡看流年。

光环之下

闲来无事，到处走走，去看时装，是我欢喜的事。

不一定要买，有时候纯然是欣赏一种美。可是，寻不着叫人眼前一亮的会感觉失落，真的遇到了心仪的一款，又会念念难忘，真叫人左右为难。

那次，在一个商场看衣服，有我喜欢的长裙，简洁优雅，静静散发出一种理想的气息。

忍不住取下来，先对着镜子比照一下，觉得好，试穿，还是好。你长身玉立，它纤巧婀娜，那镜中人与衣合在一起的样貌，恍然学生时代的青涩婉转翩然回还，说不出的莹洁端然。

试了这一件，又觉得旁边那一件也不错，看上去有旗袍的风情婉约，忍不住又试了，也还是好。那一刻，人心里的自信和骄傲无限滋生，仿佛镜中的女子穿什么都有着秀挺如荷的好呢。

为着要哪一件，又颇费了些思量，因为两件各有各的好，最后选了式样和颜色仅此一件的一款，而另一款存货尚多，且留下一些念想，待下一次再买吧。

欢喜地回去，穿了再站到镜前端详，结果，虽说不上失望满怀，那效果却得打不少折扣了。

在商场里明明是光洁美好的，回到自己的屋子里，在自己的镜子前，那效果怎么就不见了呢？

想来想去，才恍然大悟。

原来，商场的天花板上有许许多多雪亮的小荧光灯，重重光影里的人，都肌肤莹洁，气色绝佳，似乎自己穿哪一件，都无限好。

而实际上，我并没有那样白净美好，在商场里看到的，只不过是光环制造的错觉——分明是自己，却又不是真实的自己。

于是，我打消了原本坚定要买另一款衣裙的念头。因为明白了，人在虚幻的境地，容易迷失自己，做出错误的判断和选择。

生活中，地位、名利、美言等不都是美丽的光环吗？人处在这重重光环之下，很容易迷失自己，看不清自己的本来面目。而一旦失去这些光环，就难免怅惘和失落。那些曾经风光一时的人，在失势之后常常会感到人走茶凉，人情淡薄。其实，他哪里知道，以前感觉到的风光，只不过是光环效应而已。

人在光环之下，格外需要清醒和智慧啊。

天 使

周末的早晨，懒觉醒来已是九点多了，饥肠辘辘，虚弱难当，再四平八稳做饭已经来不及了，于是出门去买早点。

昨夜刚下过雨，空气清新，路面洁净，有大片的桐树叶子散落在地上。小巷尽头，便是集贸市场。这时候正人流熙攘，众生各行其是。

卖鸡蛋鸭蛋的老头老太太一字排开，沿街坐着，面前摆着用小塑料袋儿或小筐子装着的柴鸡蛋和咸鸭蛋；卖肉的摊主正满脸堆笑地给顾客剁排骨，三棱子刀“哐哐”几声，就连骨带肉剁成了一堆小段段；卖胡辣汤千层饼的女人总是那样口甜，老远就“小妹小妹”地打招呼，一边往磅秤上扔饼子，一边王婆卖瓜地说自己如何将饭食收拾得干净；卖包子的生意总是那样好，刚打发走一拨人，小两口正低头麻利地捏着包子；卖菜的小喇叭打开了：“新土豆五块钱三斤，茄子八毛八毛了！”

而行人，男男女女，三五成群，骑车的，步行的，急匆匆或缓慢地走着，一边说着永远缠夹不清的家长里短。

一切如此平常，一切又如此静好。

静静里，几个小女孩的声音格外清脆响亮，都是四五岁的样子，看上去干净、甜美。一个大女孩正背着手站着，是老师，另外四个对面而立，是学生。

我走过，不禁笑了，我也是老师呢，太熟悉这样的场景了。

女孩们一定是央求老师不要难为她们，所以当老师的大女孩说：“放心吧，我会出个最简单的题目。”

接着，便听到小老师的提问：“爱心为什么在人的心脏里？”

我心头一震，脚步慢了下来，想听一听她们的回答。

一个女孩细声细气地说：“因为爱心没有腿，不会跑走。”

另一个答：“因为爱心本来就在人心里，心脏是产生爱的地方。”

——在一个孩子心里，关于“爱心”的问题，原来是最简单的呀。

我站住了，回头望向这些小女孩——她们分明是一个个天使啊。这些单纯美好的孩子，影响并在她们心里播下爱的种子的，无非是家长、老师和社会。他日，这些爱的种子，必定会像蒲公英细长茎上的一笼轻梦，风一吹，就广为播撒，飞扬到每一个角落。

每个人的心里其实都是有爱的，每个人都可以成为天使。

真想近前去，弯腰亲亲她们可爱的小脸，又怕如此贸然，会惊扰了她们。——看见天使，我感觉自己一身俗气呢。

回去，穿过这一条长长的小巷。走在雨后清新的气息里，走在这静好人间，我感觉到蓬勃的希望在涌动。

新年的足音

时光太瘦，指缝太宽，人在匆匆里，一转眼，又是一年元旦。

过去的那一年年，一天天，无数琐碎真实的日子，感伤或欢喜，暗沉或明亮，回望的一刻，都恍若写满当时情怀的纸张，随了岁月的风尘，飘然远逝。

仿佛还沉溺在当下的苦乐冷暖里，还没来得及整理好情绪，新的一年已经在冬日暖阳的辉照里，在冰寒雪冷的气息里，轻轻悄悄地来了，也轰轰烈烈地来了。

站在这新与旧的转折点，感受这四季交替和轮回里的玄妙与神奇。而未来的每一个日子都不是简单的重复，会有怎样的转折和际遇，会有多少细小美丽的意外？当下，便似笼上了一抹欢欣鼓舞的色彩——生命的每一瞬间，都如此值得期待。

我们将迎来也走过春天，那从枯萎到萌出新绿的奇迹，背后隐藏着多少默默坚忍和耐心积蕴的传奇。看到繁花遍野，河流欢歌，我们愿意相信，那是梦想开满了花，那是泪水酿成了蜜。

我们将迎来也走过夏天，曾经的多少酷寒，在阳光和空气的热烈里，都获得了平衡，一如人生的起落和悲喜，都将在命运的版图上，映照出圆满的轨迹。而生命，该怎样地喷发和展现，才能有如夏花一般的绚烂盛放和此生的无悔无怨？

我们将迎来也走过秋天，在大自然的果实累垂面前，安静地审视自己的所得，而成败荣辱不过是旷野里的秋风。认真思索自己的所求，秋天是收获的季节，也是播种的季节。一如世上没有完全相同的两片叶子，每一个生命，也都有理由与众不同。

我们将迎来也走过冬天，不惧冰雪严寒，因为，不曾经历过寒冷，就无法懂得什么是温暖；一个心有阳光的生命，才能够辉照和温暖别人。而只有在冰天雪地的严寒里摔疼过，我们才能明白，人生路上有坎坷，也是一种安稳和幸福。

回头看看走过的道路，人间有味，人心有情；抬眼望望前面的天空，也有风雨，也有彩虹。让我们聆听着新年的足音，以豪壮的步伐，走进那广阔的天地里！

后 记

一

当年，在大学毕业前夕，班里同学都忙着写留言，我在扉页上写下了这样的文字：

遥想那不可知的前方，纵然风雨凄迷，也会留给我一方蓝色的小窗，容我一支浪漫的笔，流淌一生青色的希望。

回眸，二十年的光阴弹指而过，这段文字，却经风历雨，仿若镌刻在了心壁上一般，生动、清晰如昨。

那时候，我张着一双青春少女的迷茫眼睛，望不到未来人生的模样，心里浮泛起丝丝焦灼和忐忑。

而今，许多未知都随流光一一揭开，似乎该是尘埃落定的时候了，可是，我检视自己的精神和心灵——依然还是那时的赤纯情怀啊。

周围的人对我说："我们都变世俗了，只有你，还保持着原来的样子。"是的，因为心还是那颗心，眷恋和执着的，还是文字组合，看不开淡不褪的，还是这敏锐性灵的持守和飞扬。

仿若，我这小小的生命，来世一遭，就只是为了与文字结缘，而我全部的使命，就是凭一支流转的笔，记述个体对宇宙人生的感应和体悟，书写凡尘里撞进我眼眸和心域的种种。

所以，我不停地背负，背负那些宏大或细微的思想的火花，背负那些我能够或不能承受的生命之轻。多情岁月，终不肯辜负任何一个苦心孤诣的